범죄의 재구성

범죄의 재구성

1판 1쇄 발행 2014년 12월 19일
2판 1쇄 발행 2023년 12월 29일

지은이 곽명달
펴낸이 권경옥
펴낸곳 해피북미디어
등록 2009년 9월 25일 제2017-000001호
주소 부산광역시 동래구 우장춘로68번길 22
전화 051-555-9684 | 팩스 051-507-7543
전자우편 bookskko@gmail.com

ISBN 978-89-98079-83-3 03810

현직 수사관의 실화소설

범죄의 재구성

곽명달
지음

해피북미디어

서문

　미국의 심리학자 에이브러햄 매슬로의 욕구 5단계 이론에 따르면 '안전의 욕구'는 피라미드의 맨 아래층인 생리적 욕구 다음을 차지할 만큼 인간 생활의 기본이라고 볼 수 있다. 국민소득이 높아지고 사회가 선진화될수록 이러한 안전에 관한 욕구도 함께 높아지고 그 내용도 다양해진다.

　이번 박근혜 정부가 출범하면서 제시한 3대 약속은 '경제부흥·국민행복·문화융성'으로, 박근혜 대통령은 이 3대 약속을 이루기 위한 핵심인 '안전'을 강조하였다.

　경제부흥과 문화융성, 국민행복 시대를 만들기 위해서는 무엇보다도 '안전'이 우선이라 본 것이다. 이러한 정부 기조를 강조하기 위해 기존 행정안전부를 '안전행정부'로 명칭을 개정하였으나 세월호 참사로 또다시 안전을 총괄할 수 있는 국민안전처를 신설했다.

　안전 문제는 여러 분야에 산재해 있으나 그중 '범죄로부터의 안전'이야말로 국민이 안심하고 살아갈 수 있는 사회를 만드는 데 중요한 역할을 한다고 볼 수 있다.

　필자는 37년간의 경찰생활 중 대부분을 형사팀장, 형

사계장, 형사과장, 강력계장, 기동수사대장, 광역수사대장, 경찰서장 등의 직책을 거치면서 각종 사건 사고의 현장에 있었다.

이렇게 직접 몸으로 체험한 각종 사건 중 '범죄로부터의 안전'과 관련되고 사회 이목을 집중시켰던 사건을 선별하여 독자들이 쉽고 재미있게 접근할 수 있도록 소설 형식으로 재구성해보았다. 또한 사건 사고에 대한 예방법 및 사후조치 피해 회복 절차 등에 대해서도 소개하고 있다.

2002년 당시 부산경찰신문에서 독자들을 상대로 여론 조사를 실시한 결과, 실제 수사 경험을 바탕으로 흥미로운 사건 이야기를 다뤄달라는 요구가 가장 많았다. 그로 인해 '사건 속으로'라는 코너에 연재를 시작하게 되었고, 이후 연재한 글들을 계속 다듬고 업그레이드시켜온 것이 책 발간의 근간이 되었다.

필자는 현재 앞서 말한 37년간의 경찰생활을 마무리하는 시점에 서 있으며, 퇴직 이후에는 다양한 현장 경험들을 사회에 환원하고 싶은 마음에 여러 가지 계획을 생각하고 있다. 이를테면 서민들을 위한 생활법률 상담이나 시민사회단체를 통한 재능기부 등 다양한 방법을 고민 중이다.

이 책의 발간이 '범죄로부터의 안전'에 대한 시민들의 관심을 환기시키고 이해를 높이는 계기가 되었으면 하는 바람과, 필자가 고민하고 있는 사회 환원의 첫걸음이 되었으면 한다.

끝으로 책 출간에 많은 도움을 준 해피북미디어에 감사드린다.

2014년 12월
곽명달

차례

01
그 여자의 비밀

자연과 신의 실수로 평생 설움의
눈물을 간직한 채 고단하게 살아야
하는 트랜스젠더 정유나. 그
눈물방울을 아름다운 보석으로
빚어야 했건만….

중장비 기사 김필우(41세, 가명)는 나이 마흔이 넘도록 결혼을 하지 못했다. 눈이 높은 것도 아닌데 어쩌다 보니 불혹을 넘겼다. 연세를 더해가는 부모에게 자신은 '불혹'이 아니라 혹이 되고 있었다. 명절 때마다 친지들에게 "니, 장가 안 가나?"라는 소리를 귀에 못이 박히도록 들었다. 그는 몇 년 전 아파트 하나를 전세 내 부모와 따로 살고 있는데 혼자 사는 집에 들어서면 시큼털털한 총각 냄새가 지독하게 진동을 했다. 그런데 최근 그의 얼굴에 희색이 만연했다.

"김 기사가 요즘 허파에 바람이 들었나?"

"아니에요. 선반에 꿀단지를 올려놓고 나온 모양이에요."

공사장에서 같이 일하는 인부들이 그를 두고 주고받는 말에 그는 싱글벙글했다. 아닌 게 아니라 이즈음 포클레인을 운전할 때면 다른 때와 달리 단꿈을 꾸는 듯한 착각에 빠졌다. 버킷의 '특수 이빨'이 구덩이에 들어가 땅속 깊숙이 푹푹 박히면서 흙을 가득 퍼 올릴 때는 몸이 달아오르는 것 같았다. 어제저녁 집에서 같이 저녁을 먹고 진한 키스와 애무를 나눴던 정유나(가명)를 저렇게 가득 퍼 안아 올리고 싶었다. 여자의 따뜻한 손길이 직접 닿은 요리를 먹게 되다니! 정유나는 "우리 이번 주말에 경주에 놀러가."라며 눈에 넣어도 안 아픈 교태를 부렸다.

"자기야. 사랑해!"

정유나의 간드러진 목소리가 수시로 귓전을 뱅뱅 맴돌았다. 헌데 정유나의 몸가짐은 지나치게 조신한 데가 있었다. 김필우는 한창 열을 내다가 닭 쫓던 개처럼 헛물을 켜기 일쑤였지만 여자답게 남자의 애를 닳게 하는 정유나의 절제가 그렇게 싫지는 않았다. 하지만 딱 한 번, 뭔가 이상야릇한 일은 있었다. 그날도 아파트에서 저녁 식사를 같이 하고 소파에 앉아 과일을 먹으면서 TV 드라마를 보고 있었다. 김필우가 물컹한 복숭아를 포크로 찍는 순간, 화면에서 키스 장면이 나왔다. 김필우는 일부러 큰소리로 말했다.

"유나야, 니 이때까지 어디 있었노? 와 이제야 나한테 나타났노?"

"필우 씨, 나도 자길 만난 게 정말 신기해."

눈이 마주친 둘은 자연스럽게 입술을 포갰다. 복숭아 과육보다 더 물컹하고 달콤한 전율이 온몸으로 쫙 퍼졌다. 이내 참을 수 없을 정도로 숨결이 가빠져 김필우가 아랫도리를 풀었을 때 정유나가 생각지도 못한 오랄 섹스를 해주는 것이었다. 김필우는 정유나의 조심스런 몸가짐과 과감한 오랄 섹스가 잘 연결되지 않았지만 아, 그 절정을 맛보고서는 눈이 멀 수밖에 없었다.

정말 아무리 생각해봐도 김필우는 정유나를 만난 것이 꿈만 같았다. 그도 한때 소위 '잘나가던 때'가 있었다. 중장비 기사의 수입이 공무원 월급의 세 배 정도였던 시절이 있었다. 친척의 권유도 있었지만 김필우가 군대에 가서 애써 중장비 기술을 배운 것은 그 때문이다. 건설회사를 다니던 서른 초반까지 그에게 추파를 던지던 여자들이 제법 있었다. "자야, 숙이…, 아 반반한 고것들!" 김필우는 가끔 꿈을 꾸듯 아, 옛날이여, 라고 외쳐본다.

그러나 한 시절 반짝하고 난 뒤 중장비 기사의 수입과 시세가 떨어지자 여자들의 수준과 숫자가 떨어졌다. IMF 이후 설상가상 그는 직장마저 잃었다. 가끔 불려나간 공사판에서 그는 포클레인의 팔을 높이 쳐들면서 세상인심의 척도에 굴하지 않는 무쇠 팔 같은 변강쇠의 힘을 꿈꿨다. 그러고서 발을 들이게 된 곳이 엉뚱하게 시간을 죽이는 동네 PC방이었다. 당시 스타크래프트 게임이 한국을 강타해 PC방이 우후죽순으로 생기고 있었다. 그는 게임보다 인터넷 채팅방이 더 신기했다. 처음에는 '22매너' 'ㅈㄱ' '지금' 따위의 닉네임이 무슨 뜻인지 몰랐다. 차츰 그것이 성매매를 하는 '조건녀'들의 닉네임이라는 걸 알았다. 한 번은 '22매너'를 만난 적이 있다. 10

만 원을 들고 약속 장소로 나갔는데 웬걸 도저히 마음이 동하지 않는 들창코에 '22세 뚱녀'였다. 안 그래도 뭔가 켕겼는데 김필우는 차비 하라고 2만 원을 주고 그냥 돌아섰다.

3개월 전.

김필우는 술을 몇 잔 마시고 귀가하던 중 쓸쓸해서 동네 PC방에 오랜만에 들렀다. 인터넷 채팅이 그날따라 왠지 당겼다. 자칫 중독에 빠질 뻔했던 채팅이기는 하다. 채팅 사이트에 들어가서 '여성' '20~30대' '거주 지역 부산' 등의 조건을 입력하니 조건에 맞는 채팅 리스트가 오백 명 넘게 주르륵 쏟아졌다. 그중 '오드리될뻔'이라는 웃기는 닉네임 하나를 클릭했다. 신기하게 서로 얘기가 잘 풀렸다.

"닉네임이 재밌네여."

"제 미모가 오드리 헵번 수준!"

"'안졸리나 졸리지'보다는 낫네요. 저는 부산 사나이!"

"ㅋㅋ 재치꾼! 부산 사나이라면 우리가 남이가, 캬-하는?"

"맞습니다 맞고요. ㅎㅎ. 될뻔 씨 위트도 장난이 아니넴."

그렇게 몇 번 채팅을 하고 난 후 '번개'를 신청했는데 의외로 오드리될뻔은 순순히 그러자는 답을 해왔다. '설마 22세 뚱녀 수준은 아니겠지'라고 생각하면서 약속 장소로 나갔는데 생각했던 것보다 훨씬 괜찮은 여성이었다. 김필우보다 두 살이 어린 여자는 자신을 '정유나'라고 소개했다. 김필우는 그녀의 이름도 마음에 들었다. 여자 치고는 체격이 좀 크지만 섹시한 얼굴에 몸매도 늘씬한 정유나는 살살 눈웃음을 치면서 김필우의 마음을 설레게 했다. 김필우는 첫눈에 정유나가 마음에 들었다. 정유나도 싫어하는 눈치는 아니었다. 차를 마시며 얘기를 나눈 뒤 김필우가 "저녁 먹으러 갑시다."라고 권하니 "예"라는 정유나의 대답이 돌아왔다. 식사를 마치고 나서도 "술 한잔 할까요?"라고 물으니 역시 "예"라고 대답하며 그녀가 싱긋 웃었다.

"제 특기가 뭔지 아세요?"

몇 순배의 술잔이 돌고 나서 정유나가 김필우에게 속삭이듯 물었다.

"아, 뭔데요?"

"요리예요. 호호."

"와, 쥐기주네요. 목구멍이 포도청이라고 요리가 대세 아입니꺼?"

"그 말은 그런 뜻이 아니잖아요. 호호."

"아, 그렇죠. 헤헤. 언제 요리 한번 해주세요. 제 혀가 포도청이라 맛은 기차게 잘 봅니다. 헤헤."

김필우는 농담이 하고 싶었고, 웃음이 실실 입술을 비집고 나와 표정 관리가 힘들었다. 김필우는 그날로 정유나의 손을 잡았다. 여자의 마음 품이 넓어서 그런지 손이 컸다. 정유나는 보석 딜러 일을 한다고 했다.

"다이아몬드는 99.9%의 탄소와 0.1%의 불순물로 이뤄져 있는데 둘 사이에 미세한 빈틈이 있어요. 퍼즐처럼 숨어 있는 그 빈틈에 전자 빔을 쏘면 결정구조가 변하면서 다이아몬드 색깔이 무색에서 노랑, 핑크, 그린 등으로 바뀌어요. 저도 언제든지 색깔 있는 여자로⋯, 호호."

"빔을 제대로 쏴야 되겠네요. 하하."

김필우의 목 울대뼈가 꿀렁하고 움직였다.

그렇게 둘의 만남이 시작됐다. 김필우가 쉬는 어느 날, 정유나는 음식 재료를 잔뜩 사 들고 집으로 찾아왔다.

"아이고, 우짠 일입니까?"

"혀가 포도청이람서요? 포도대장에게 잘 보이려고요. 호호."

정유나는 요리 솜씨가 좋았다. 요리를 해주는 것만도 좋은데 금상첨화였다. 금상첨화란 말처럼 비단 같은 살결 위에 김필우는 육체의 꽃을 얹고 싶었다. 욕망의 실체가 포클레인 유압 실린더의 속살처럼 허옇고 길쭉하게 가감 없이 드러나는 것 같았다. 둘은 키스와 애무를 나누는 사이가 됐다. 다른 연인들처럼 휴일이면 영화를 보거나 태종대와 성지곡수원지로 바람을 쐬러 가기도 하고 등산을 하기도 했다.

그날은 경주로 소풍을 가자고 약속을 한 날이었다. 둘은 불국사, 안압지, 첨성대, 대능원을 둘러본 뒤 경주역 앞에서 소주를 반주 삼아 저녁을 먹고, 인근 호프집에서 2차를 했다. 맥주를 마시며 김필우는 속으로 다음 옮겨 갈 장소를 모텔로 잡았다. 3차를 실행에 옮기기 위해 그는 정유나에게 가위 바위 보를 해서 지는 사람이 이긴 사람의 소원 한 가지를 무조건 들어주자는 제안을 했다. 싫다는 정유나의 손을 끌고 소원 한 가지가 이것이라며 맥주와 안주를 사서 근처 모텔에 들어갔다. 그날따라 정유나는 더 섹시하게 보였다. 도톰한 입술, 불룩한 가슴. 김필우는 상당히 취한 상태였다. 턱까지 차올라 출렁거리고 있는 야릇한 느낌을 어찌할 도리가 없었다.

　다음 날 아침, 정유나는 벌써 일어나 있었다.

　"어젯밤은 행복했어, 자기야. 잘 잤어? 보석처럼 영롱한 아침이야."

　"일찍 일어났네. 아이고 머리야, 속이야."

　김필우가 흐릿하게 기억나는 건 간밤에 "이리 와."라며 정유나를 안았고, 그녀가 "잠시만."이라며 불을 껐다는 사실이었다. 그 뒤는 어떻게 됐는지 달콤했다는 기억밖에 없었다. 참 어이없게도…. 여하튼 지난밤 둘은 처음으로 몸을 섞었음이 틀림없는 것 같았다.

　"요 앞 해장국 거리로 해장국 먹으러 가."

　해장국을 먹은 뒤 계림을 걸으며 정유나가 말했다.

"경주는 보석 같은 곳이야, 그치? 다이아몬드는 하늘에서 떨어진 별 조각이라고 해. 나도 자기한테 다이아몬드 같은 여자가 되고 싶어."

"그 별 조각, 나도 한 번 주워볼까? 보석 딜러 수입이 괜찮다고 했지?"

"보석은 참 희한해. 못 사는 땅에서 생산돼 세계 최고 갑부 손에 들어가거든. 그 중간에 개입하는 게 국제 딜러인데 국내 보석 딜러도 두 배 이익은 남겨."

김필우는 "뭐, 두 배나?"라며 놀랐다. 정유나는 전 세계 다이아몬드 생산 메카인 이스라엘의 딜러와 연결돼 있다는 둥 그럴듯한 설명을 한참 길게 했지만 김필우의 머릿속에는 '두 배'라는 말만 계속 맴돌았다.

김필우는 포클레인 버켓으로 퍼 올린 흙을 쳐다보며 군침을 삼키고 있었다. '오천만 원의 두 배이면 일억이다. 지금 아파트 전셋돈에 일억을 더하면 신혼집 하나는 장만할 수 있겠군.'

오천만 원을 투자하겠다며 은행에서 돈을 찾아 정유나에게 전화를 거니, 그녀는 "오늘 저녁 근사한 식사를 하자."며 찬거리를 마련해 가겠다고 했다. 저녁때가 되자 찬거리가 무거우니 도와달라고 정유나에게서 전화가 왔다.

"그래 나갈게."

김필우는 정유나가 기다리고 있다는 M마트로 즉시

달려갔지만 그 어느 곳에도 그녀의 모습은 보이지 않았다. 웬일인지 전화도 불통이었다. 그는 '길이 어긋났나?'라고 생각하며 먼저 도착해 맛있는 저녁을 준비하고 있을 유나의 모습을 떠올리며 자신의 아파트로 돌아왔다.

아파트는 현관 입구에서부터 누가 침입한 흔적이 역력했다. 급히 달려가 보니 역시나 여기저기 뒤진 흔적과 함께 안방은 엉망으로 어질러진 상태였다. 머리가 쭈뼛해진 김필우는 재빨리 침대 옆 문갑을 열었다. 오천만 원이 사라졌다. 김필우는 밤새도록 전화를 걸었으나 정유나의 휴대폰은 꺼진 채 묵묵부답이었다.

'정유나, 참으로 근사한 저녁이군.'

며칠 후, 그날 아파트에 출동해 밤늦게까지 지문을 채취해 간 형사들로부터 연락이 왔다.

"간장 통에서 지문 하나가 확인됐습니다. 놀라운 사실인데 혹시 아셨나요? 정유나는 남자입니다."

"아니 무슨 소리예요? 뭐가 잘못된 거 아닙니까?"

전화를 받은 김필우는 깜짝 놀랐다.

"그리고 김필우 씨보다 나이가 무려 열 살이나 많아요. 쉰한 살이에요."

김필우는 기가 막혀 말문이 막히고 당황해서 뒤로 넘어질 뻔했다. '세상에 무슨 이런 일이 있단 말인가. 그래서 그렇게 몸을 사렸나. 아니, 경주에서 함께 보낸 밤은 도대체 어떻게 된 거야? 아무리 내가 케케묵은 노총각

이라 하더라도, 남자 여자도 구분 못하다니! 세상 헛살
았구나.'

경찰서로 나간 김필우는 멍한 채 여전히 어이가 없
었다.

"아니 정유나는 영판 여자 목소리를 냈거든요."

경찰은 "요즘은 성대 수술까지 기가 찰 정도로 한다
고 그래요."라며 말을 이었다.

"관계도 가졌다니 정유나는 성전환 수술을 한 트랜스
젠더 같군요. 근데 좀 이상하지 않았어요?"

"딱 한 번이었는데 제가 술이 엄청 취했었거든요."

"그랬군요."

애액(愛液)이 부족한 트랜스젠더는 젤리를 사용하면
문제가 없고, 몇 년 전부터는 직장(直腸)의 S모양 결장을
이용한 질 성형술까지 개발돼 젤리를 사용하지 않아도
될 정도라는데, 정유나가 어느 경우인지 김필우는 알고
싶지도 않았다. 정유나의 본명은 장명훈. 자신보다 열
살이나 많다니! 김필우는 고개를 절레절레 흔들었다. 놀
랍게도 장명훈의 고향은 그들이 함께 놀러가 첫 관계를
가진 경주였다. 장명훈은 서른 살 때 이미 사기죄로 구
속된 적이 있었고, 4년 전부터 또 다른 사기 사건으로 지
명수배 중이었다. 사회적 성 소수자로서 그, 아니 그녀
가 설 수 있는 자리는 별로 없었던 모양이다. 김필우는
씁쓸했다.

일주일 뒤, 경찰서에서 연락이 왔다.

"김필우 씨, 정유나 아니 장명훈이 검거됐습니다."

경찰서에 쪼그리고 앉은 정유나의 몰골은 초췌했다. 정유나는 김필우를 보고 고개를 숙이며 눈을 마주치지 못했다. 자연과 신의 실수로 평생 설움의 눈물을 간직한 채 고단하게 살아야 하는 트랜스젠더 정유나. 그 눈물방울을 아름다운 보석으로 빚어야 했건만….

정유나가 했던 말이 김필우의 귓전을 울렸다.

"자기야, 사랑해."

순간 김필우는 소름이 끼쳤다.

02
에이즈도 두렵지 않은 자유

멀쩡한 육신을 에이즈에
내맡긴 일은 스스로 천형을
짊어진 엽기적인 사건으로 세상을
떠들썩하게 했다.

'무기수로 교도소에서 평생을 썩을 순 없지.'

2001년 살인죄로 진주교도소에 복역 중이던 김용팔(당시 40세, 가명)은 대법원에서 최종적으로 무기징역형이 확정됐다. 얼마 후 그는 비장한 결심을 했다. 같은 교도소에 복역 중인 에이즈 감염자 이명식(31세)을 보고 '하늘이 무너져도 솟아날 구멍은 있다'며 딴에는 기발한, 그러나 상당한 부담감을 감수한 '작전'(?)을 구상했다. 김용팔은 에이즈에 감염되면 형 집행정지로 출소할 수 있다고 생각한 것이다.

"어이, 이 군아. 고통도 함께 나누면 반으로 덜어진다고 하잖아."

"예에? 무슨 소리예요?"

"그 에이즈 나한테 좀 나눠줘! 사례는 톡톡히 할 테니."

김용팔은 에이즈에 걸리기 위해 필사적으로 노력했다. 아프다고 꾀병을 부려 의무실에 가서 링거주사를 맞으면서 에이즈 감염자 이명식과 만나 작전을 실행에 옮겼다. 각본대로 이명식이 먼저 자해 소동을 벌였다. 그는 침대의 쇠 부분에 이마를 부딪혀 피를 흘렸다. 그러자 김용팔이 링거주사 바늘이 꽂혔던 자신의 팔을 피가 흐르는 이명식의 이마에 갖다 댔다. 수혈로 에이즈에 감염된다는 사실을 알고 피를 섞으려 시도한 것이다.

그러나 그것은 허사였다. 김용팔은 물러서지 않고 '기필코 에이즈에 걸리겠다'며 더 단단히 마음먹었다. 이번에는 이명식의 팔에서 1회용 주사기로 아예 피를 뽑아 자신의 팔에 주사했다. 그마저도 안심이 안 됐다. 그는 이명식을 의무실 화장실로 따로 불러냈다.

"야, 안 되겠다. 니 딸딸이 한번 쳐봐라."

"예? 뭐라꼬예?"

이명식은 뜨악해 했지만 어쩔 수 없었다. 김용팔은 그 악스럽게 이명식의 정액을 받아 마시고 꺼억-꺼억-, 신트림을 해댔다.

대여섯 차례의 시도 끝에 결국 김용팔은 자신의 뜻대로 에이즈에 걸려 청송감호소로 이송됐다. 김용팔은 '이제 출소하는 것은 시간문제야.'라고 느긋하게 생각했다.

그리고 출소만 한다면 그때는 의술의 발달로 에이즈 완치약이 개발될 것으로 확신했다.

그러나 부산교도소 측은 걸핏하면 "몸이 이상하다. 에이즈 검사 좀 해주소."라고 보채던 김용팔의 낌새가 아무래도 수상하다고 여겼다. 곧 뒷조사에 착수해 단서를 포착했다. 폭력 혐의로 복역하다가 1년 만기로 얼마 전

출소한 에이즈 감염자 이명식이 김용팔 가족에게서 용돈을 받은 통장이 결정적인 단서였다. 교도소 재소자 중에서 황둘석(가명)과 정원식(가명)이 애초에 "에이즈에 걸리면 교도소를 나갈 수 있다."며 김용팔에게 이명식을 소개해준 것도 확인됐다. 김용팔은 고대하던 출소 대신 '별'을 하나 더 달게 됐다. 무기수가 출소를 노리고 에이즈에 고의로 감염된 사실은 충격적이었다. 멀쩡한 육신을 에이즈에 내맡긴 일은 스스로 천형을 짊어진 엽기적인 사건으로 세상을 떠들썩하게 했다.

그즈음 어느 날, 김 반장은 에이즈 고의 감염 기사를 신문에서 읽다가 그 주인공이 김용팔이란 사실에 놀랐다. 아니, 김용팔이라면! 그렇다. 김용팔은 신흥 폭력 조직 Y파의 두목으로 청사포 살인 사건의 주범이지 않은가.

흠, 청사포 살인 사건.

2000년 초여름 어느 날, 60대 남자가 아침 산책을 나왔다가 갑자기 소변이 급해졌다. 뭔가 시큼하고 짙은 비린내가 나는 듯했다. 청사포 바다 냄새이겠거니 여겼다. 그러다 외진 컨테이너 후미진 곳을 돌아서던 그는 소스라치게 놀라 뒤로 벌렁 자빠졌다.

"아니, 이게 뭐야? 사, 사, 사람이 죽어 있잖아!"

김 반장과 수사 팀이 바짝 긴장한 채 출동했을 때 피

가 흥건한 현장은 처참했다. 김 반장은 손수건을 꺼내 이마를 닦았다. 아무리 자주 접해도 익숙해질 수 없는 것이 살인 현장이다. 잠시 후 최 형사가 1차 감식 결과를 보고했다.

"반장님, 남자는 30대 중반으로 간밤에 살해된 것으로 보입니다. 범인은 두 놈 이상이고요. 피살자는 목과 가슴, 다섯 군데를 찔려 피살됐습니다. 지독한 놈들인데요. 아 참, 주먹 살갗이 벗겨진 점으로 미뤄 남자는 범인들과 격투를 벌이다가 피살된 것 같습니다."

결정적인 사망 원인은 왼쪽 가슴의 상처였다. 길쭉하고 날카로운 흉기가 심장 부근을 관통해 피를 너무 많이 흘리고 죽은 것이었다. 이 정도의 흉기로 두세 놈이 덤벼들었다면 미리 죽일 작정을 한 계획적 범행이라고 볼 수 있었다.

살해된 남자는 서남철(36세, 가명)이었다. 서울과 부산을 오가면서 사업을 하고 있다고 했다. 살인 현장에는 피살자의 휴대폰이나 소지품이 하나도 없었다. 하지만 조사 결과 그는 무슨 일인지 휴대 전화를 세 대나 동시에 사용하고 있었다.

"반장님, 뭔가 냄새가 나는데요."

며칠 뒤, 최 형사가 눈을 크게 치켜뜨며 보고했다.

"뭐, 무슨 냄새?"

"피살자의 휴대 전화 통화자를 분석해보니 필로폰 밀

거래 선이 잡힙니다. 피살자는 마약 전과도 있습니다."

순간 김 반장의 입에서 "음-" 하는 신음 소리가 길게 새 나왔다.

눈치 빠른 박 형사가 끼어들었다.

"반장님, 피살된 서남철은 검찰의 망원인 사실이 확인됐습니다. 오륙 년 이상 검찰의 마약 밀매 정보원으로 활동했습니다."

"망원이라고?"

망원은 검찰이나 경찰이 마약 범죄자를 잡기 위해 활용하는 마약 밀매 정보원을 말한다. 살해된 서남철이 마약 밀매에 관여되어 있다는 이야기였다.

김 반장은 사건의 전모가 손아귀에 잡혀오는 것을 감지했다. 서남철이 검찰에 협조하여 필로폰 밀매 조직이 탄로 나 보복 살인당했을 가능성이 높은 것이다.

박 형사가 사건은 내 손안에 있소이다, 라는 감 잡은 표정으로 새롭게 확인한 사실을 말했다.

"그런데 반장님, 서남철이 살해되기 직전에 마지막으로 통화한 이가 Y파의 두목 김용팔이더군요."

"Y파 두목 김용팔? 그렇다면 김용팔 신병을 빨리 확보하는 게 급선무야."

Y파는 신흥 조직 폭력배. 한국 조폭이 마약에 손을 잘 대지 않는 것과 달리 Y파는 유독 마약 범죄에 많이 연루되어 있었다.

    사건 발생 열흘 뒤, 서울 강남의 한 유흥업소 밀실에서 김용팔을 붙잡았다. 가까이 할 수도, 그렇다고 멀리 할 수도 없는 즉 불가근불가원(不可近不可遠)의 유력한 정보망을 가동한 덕이었다. 김은 '뽕'을 맞았는지 처음엔 "뭐요?"라며 능글맞고 흐릿한 표정을 짓더니 이내 "씨팔 좆같이!"라며 침을 내뱉었다. 배신이 난무하는 마약 밀거래 판에서 잘 아는 놈의 뒤통수를 맞았다는 사실을 곧바로 알아차린 것이다.

    "김용팔, 서남철이 살해되기 한 시간 40분 전에 당신과 마지막 통화한 것까지 다 알고 있어. 왜 죽였나?"

    그러나 김용팔은 도무지 입을 열지 않았다. 아니 살해하지 않았다고 극구 부인했다.

    모발 검사로 김용팔이 필로폰을 투약한 사실을 확인했다. 백색의 환각 가루에 인생을 저당 잡히는 일명 '뽕쟁이'들과 같이 그들을 농락하며 검은 돈을 주무르는 조직 폭력배의 두목 또한 마약에 인생을 저당 잡히기는 마찬가지였다. 일단 김용팔을 필로폰 투약 및 소지 혐의로 구속했다. 김 반장은 김용팔의 꽉 다문 입을 열기 위해 그의 주변을 더 캐기로 했다. 마침, 박 형사가 탐문 수사를 통해 Y파 두목 김용팔에게 수족같이 움직이는 심복이 있다는 사실을 알아냈다.

    "박명기(25세, 가명)라는 친구인데 김용팔의 운전기사로 기장에 산다고 합니다. 박은 동네 후배 두 명과 조를 맞춰 다닌다고 하네요. 폭력 등 전과 3범인 김희철(23세, 가명)과, 김명우(23세, 가명)가 그들입니다."

곧 박의 집 근처에서 박 형사와 최 형사가 잠복에 들어갔다.

나흘째 날 자정 무렵, 오늘도 허탕이라며 박 형사가 막 기지개를 켜는데 저쪽 골목 어귀에서 깍두기 머리를 한 20대 중반의 남자가 주위를 두리번거리며 이쪽으로 걸어오고 있었다.

"박명기!"

자신의 이름이 불리는 것과 동시에 줄행랑을 치던 박이 입간판 줄에 걸려 넘어지면서 추격전이 일단락됐다. 박은 도망 다니느라 며칠째 수염도 깎지 않은 얼굴에 피곤한 기색이 역력했다.

"박명기, 너거 똘마니 두 명은 어디 있어?"

박은 고개를 떨군 채 자포자기 상태였다. 박을 통해서면 젊음의 거리에 있는 밤샘 주점으로 두 명을 불러냈다. 한 시간 뒤 함께 나타난 두 명은 뭔가 심상치 않은 분위기를 눈치채고 양방향으로 냅다 도망치기 시작했다. 잠시 뒤 두 명은 숨을 헐떡거리며 붙잡혔다.

박과 둘은 조직의 두목을 보호하기 위한 심산인지 범행 일체를 순순히 자백했다. 서남철을 직접 살해한 이는 박이었다.

"서남철이 쳐 죽일 놈이에요. 은혜도 모르는 놈이라구

요. 우리 형님(김용팔) 빚도 안 갚고, 올해 초에는 뽕 값으로 오백만 원을 가져갔는데 뽕을 돌려주기는커녕 사람을 슬슬 피해 다닌다 아입니꺼. 형님 심기를 풀어드리려고 저희들이 자청해서 놈을 손봤지요."

박의 자백은 김용팔의 지시 없이 서남철을 살해했다는 것이다. 범행에 사용한 칼은 현장 맞은편 바다에 버렸고, 서남철의 손가방과 휴대 전화는 인근 하천에 버렸으며, 피 묻은 자신들의 옷은 소각했다고 차례대로 자백했다. 일단 이들 세 명을 서남철 살인 혐의로 검찰에 송치하고 난 김 반장은 난처했다. 분명이 심증은 가는데 김용팔의 살인 교사 혐의를 입증할 방법을 아직 찾지 못했던 것이다. 그러다 불현듯 박의 "은혜도 모르는 놈이라는 말"이 마음에 걸렸다.

"둘의 관계를 캐보라구."

Y파 두목 김용팔과 살해된 서남철은 10년 전부터 알고 지내는 동갑내기 '절친'이었다.

어린 시절부터 그들 사이는 돈독했다. 1997년 서울로 간 서남철이 사업에 실패하자 김용팔이 친구인 그를 적극적으로 도와주었다.

"그라모, 니가 내 물건(필로폰)을 전부 관리해라. 됐나."

"고맙다, 용팔아."

"자식, 뭘, 니하고 내하고 고맙다 캐야 하는 사이밖에 안 되나? 됐다, 마!"

　그러나 그들의 우정은 백색가루 때문에 어긋나기 시작했다. 지난해 여름 필로폰의 양을 둘러싸고 두 사람 사이에 오해가 생겼다. "맡긴 양보다 뽕이 턱없이 부족하다."며 김용팔이 강짜를 부려 둘은 심하게 다투고 결별했다. 서남철이 의심을 받는 데에는 그럴 만한 이유가 있었다. 서남철이 대구 지역에 필로폰을 배달하게 됐는데 공교롭게 그때 대구 밀매상이 검찰에 붙잡히고 말았다. 물건을 받을 사람이 사라지자 그 필로폰을 서남철이 중간에 빼돌린 것이다. 김용팔은 도와준 자신의 은혜를 그런 식으로 갚는 서남철을 용서할 수 없었다.

　"우리 조직에서 배신은 있을 수 없다. 서남철이 이 새끼, 내 기필코 니를 죽이겠다."

　'황홀한 백색의 황금 가루'라는 필로폰이 종내는 의리도 우정도 팽개치게 만드는 '악마의 가루'로 그 실체를 드러내고 있었던 것이다. 둘 사이의 균열은 예정된 것이라고 할 수 있었다.

　서남철 살인 사건이 발생하기 직전, 검찰에 굵직한 마약상 하나가 구속됐다. 그의 동생이 서남철을 찾아갔다.

　"검찰에 선을 놓아 우리 형을 좀 빼내줄 수 있겠소? 사례는 두둑이 하리다."

　이 작업에 Y파의 두목 김용팔도 같이 움직였다. 그리고 상당히 놀랐다.

'아니, 서남철이 언제 이렇게 많이 컸나? 검찰의 거물 망원이라고! 이놈이 내 약점을 속속들이 알고 있지 않은가. 이대로 두어선 안 되겠다.'

명색이 Y파 두목인 김용팔은 서남철이 자신뿐 아니라 Y파 조직 전체의 밀거래 망까지 괴멸시키는 화근이 될 수 있다고 생각했다. 김용팔이 서남철을 제거하기로 결심한 것은 이 때문이었다. 조직을 지켜야 했던 것이다. 김 반장은 역으로 이를 활용해 김용팔을 압박했다.

"서남철 살해에는 Y파 전체가 조직적으로 개입했다. Y파는 곧 일망타진될 것이다. 어떤가? 서남철 살해에는 김용팔 당신만 개입했나, Y파 전체가 개입했나? 자백하라."

진주교도소에서 복역 중이던 김용팔은 서남철을 살해할 것을 조직원에게 지시했다는 살인 교사 혐의가 추가돼 무기징역 형을 선고받았다. 청사포 살인 사건은 그렇게 일단락되었다.

진주교도소에 수감 중이면서 에이즈 감염자인 무기수 김용팔에게 기회(?)가 왔다. 에이즈 합병증으로 결핵을 앓게 돼 드디어 3개월간 형 집행정지 결정을 받았다.

"가족이 있는 부산에서 치료받기를 희망합니다."

김용팔은 한 대학병원 격리 병동에 수용됐지만 날아갈 것 같았다. 처음에는 운동도 열심히 하고 병원 조치도 적극 따랐다. 하지만 환락가의 밤공기는 달콤했다.

오랜만에 만나는 후배들도 깍듯했다. 하지만 무단 외출을 하다가 한 달 반 만에 반쪽 자유마저 박탈당했다. 결국 죽음도 불사하며 그토록 바라던 자유는 그렇게 허망하고 짧게 이생을 영원히 떠나고 말았다.

03
사랑과 배신의 수레바퀴

사랑과 배신의 낡아빠진 수레바퀴
아래 깔려 허우적대는 두 남녀의
영상을 떨쳐버리기 위해 김 반장은
자꾸 고개를 내저었다.

"살인사건입니다!"

당직 형사로부터 걸려온 긴박한 호출 전화였다. 경찰의 날을 맞아 모처럼 휴식을 즐기던 김 반장은 반사적으로 현장으로 향했다. 항상 사건 현장으로 달려갈 때는 어떤 사건일까, 범인은 누구일까, 범행 동기는 뭘까, 수사는 어떻게 해야 할까, 하는 등의 생각으로 팽팽한 긴장감을 즐긴다.

피비린내가 진동했다. 제일 먼저 피범벅이 되어 뒤엉킨 두 여성의 시체가 김 반장의 눈에 들어왔다. 시신의목, 가슴, 배 부위에서 흘러내린 핏물이 바닥에 깔린 카펫에 스며들어 질척거렸고 여기저기 벽에 튄 피는 흘러내리다 말고 굳어 있었다. 검붉은 물감을 뒤집어쓴 것처럼 죽어 있는 두 여인 위로 흐릿한 형광등 불빛이 내려앉아 음산한 분위기를 더했다.

피해자는 김경미(22세, 가명) 김은미(20세, 가명) 자매였다. 옥상에서 살해된 남동생 김승준(19세, 가명)은 대학병원으로 후송되었다.

김 반장은 집 안 여기저기를 살펴봤다. 현장에 남겨진

실마리는 없었다. 한 달 전 발생한 전포동 모녀 피살 사건처럼 자칫 미궁으로 빠질 수 있는 상황이었다. 각종 언론의 곱지 않은 시선을 생각하자 김 반장의 가슴이 답답해져왔다.

3남매가 동시에 같은 장소에서, 그것도 아주 잔인한 수법으로 살해된 사건…. 어디에서 단서를 찾아야 할 것인가. 김 반장의 입에서 신음소리가 저절로 터져 나왔다.

살해 당시 굳게 닫힌 현관문으로 범인이 들어왔던 것으로 보면 면식범에 의한 치정이거나, 잔인하게 살해된 점으로 봐서는 원한에 의한 범죄일 것이라는 직감이 왔다. 그러나 단언할 수는 없는 일. 지끈거리는 머리를 감싸 안고 돌아서는 순간 화장대 위에 놓인 가족사진이 김 반장의 눈에 들어왔다. 삼남매와 함께 찍은 사진 속에서 환하게 웃고 있는 여인. 이 늦은 시간까지 집으로 돌아오지 않는 피해자의 어머니는 어떤 여자일까, 김 반장은 내심 궁금해졌다.

"박금자(43세, 피해자들의 어머니, 가명), 주점 종업원입니다."

곰처럼 둔한 몸을 비호처럼 잘 날리는 차 형사의 보고였다.

"주점 종업원?"

피해자들의 어머니인 박 여인이 주점 종업원이라는

말을 듣는 순간 '유흥업소에서 근무하다 보면 자연히 남자들과의 접촉이 많을 것이다.'라는 생각이 들면서 김 반장의 몸에 알지 못할 이상한 전율이 흘렀다. 뭔가 실마리를 찾았을 때 느낄 수 있는 전율이었다.

박 여인의 남편은 5년 전 교통사고로 사망했다. 3남매와 생계를 꾸려가야 했던 박 여인은 주점 종업원으로 일하고 있었다. 김 반장은 가닥이 잡히자 마음이 급해졌다. 즉시 수사팀을 보강해 사건에 투입했다. 얼마 지나지 않아 한 팀으로부터 날아온 보고를 받고 김 반장은 무릎을 쳤다. 박 여인과 내연관계에 있던 김봉한(38세, 가명)이 사건 발생 이후 행방을 감췄다는 것이다. 수사는 그렇게 급물살을 타기 시작했다.

"아, 이거 이틀짼데 눈치 간 거 아이가?"

잠복근무 이틀째로 접어들자 차 형사가 짜증스럽게 한마디 던졌다. 김 반장 역시 처음 수사의 실마리를 잡으면서 느꼈던 온몸의 전율은 햇빛에 마른 이슬처럼 사라지고 치켜떴던 눈은 힘이 빠져 게슴츠레한 실눈이 되었다. 김 반장은 이대로는 안 되겠다는 생각이 들었다. 영장을 발부받아 가택 수색에 나서기로 했다.

먼지만 부옇게 쌓인 집 안 여기저기를 수색하던 중 세탁기 뒤에 숨겨져 있는 무언가가 김 반장의 눈에 띄었다. 피 묻은 신발! 짜릿한 전율이 김 반장의 온몸을 훑고 지나갔다. 형사들이 느끼는 또 하나의 절정이 이런 순간이다. 힘겹게 쫓던 먹잇감을 힘이 다 빠져나가는 순간에 턱하니 입에 물게 될 때의 쾌감 같은 것 말이다. 수사의 방향은 주변 인물로 확대되었다.

사건 당일 김봉한이 자신의 형님 집에 들른 사실이 밝혀졌다. 김봉한의 형과 가족에게서 결정적인 진술들이 터져 나왔다.

형네 가족은 피 묻은 옷을 입고 나타난 동생을 보고 깜짝 놀랐단다. 다그쳐 물어보니 술을 마시다 사소한 말다툼이 일어나 사람을 찔렀다며 도피 자금이 필요하다고 말했다는 것이다. 그래서 도피자금으로 십만 원을 주고 동생이 범행 당시 입었던 옷을 세탁해 보관하고 있다고 했다. 일단 옷을 수거한 후 김봉한의 주거지와 연고지인 부산, 삼천포, 남해, 서울 등지에 형사대를 급파했다. 성과는 선원이었던 김봉한이 승선했던 한라호 선실에서 발견됐다. 그가 벗어놓은 옷에서 서울 청량리, 용산동, 영등포 직업소개소 명함이 나왔다. 십중팔구 위장 취업을 했을 것이다. 하지만 직업소개소 명함만으로 김봉한의 소재를 찾는다는 건 서울에서 김 서방 찾기였다. 청량리역 부근의 직업소개소만 200여 곳이었다. 사진을 제시하며 차근차근 소개소마다 수사를 벌였다. 언제나 그렇듯 지루한 싸움이 이어지고 있었다. 50여 곳의 영등포역 일대 직업소개소를 뒤지던 중 비슷한 사람을 경기도 교량공사현장에 보냈다는 사실을 알아냈다. 김봉한은 형의 이름으로 위장취업을 한 상태였다.

김 반장 일행은 짙은 어둠을 뚫고 차를 몰아 현장으로 달려갔다. 하지만 김봉한은 숙소에 없었다. 이윽고 주변을 수색했다. 멀리 노무자 숙소 옆 공중전화부스에서 전화를 걸고 있는 남자가 보였다. 일행은 용의자가 눈치채지 않게 조심하며 그의 동정을 살폈다.

"김봉한! 김봉한 맞지?"

공중전화부스에서 나오던 김봉한이 당혹감을 감추지 못하더니 이내 도주하기 시작했다. 예상 못한 일이 아니었다. 급히 그를 뒤쫓아 격투 끝에 검거했다.

"아잉, 순진하긴…. 술도 안 배우고 뭘 했어?"

술도 잘하지 못하고 친구도 없이 외로운 김봉한이 친구가 운영하는 주점을 찾았을 때, 박 여인은 마냥 웃는 얼굴로 그에게 다가왔다. 농염한 자태와 손님을 대하는 박 여인의 태도. 한 번도 받아보지 못한 대우에 김봉한은 세상을 다 얻은 듯했다. 누나 같기도 하고 때론 연인, 어떤 때는 어머니처럼 자신을 어루만져주는 박 여인에게 김봉한은 순식간에 마음을 빼앗겼다.

"보삼여사가 뭔 줄 알아?"

"보쌈여사 아니야? 남자를 쌈처럼 싸 먹는 여자. 당신을 말하는 거네, 크큭큭."

킥킥거리며 웃는 김봉한의 허벅지를 박 여인이 살짝

꼬집으며 말했다.

"흐잉 참, 애인 면회 간 여자에게 면회실에서 군인이 관계가 어떻게 되냐고 물으니까 보삼여사라고 했대. 보리밭에서 세 번, 여관에서 네 번 했다고 실토하더래, 홍홍홍."

김봉한은 술을 마시며 그녀와 실없이 주고받는 농담도 더없는 행복으로 느껴졌다. 그렇게 그들은 급속도로 가까워졌다. 하지만 거액의 돈을 바치며 술집으로 야외로 여관으로 전전하던 그들의 사랑도 김봉한의 돈이 바닥나자 본색이 드러나기 시작했다. 김봉한은 어느 순간부터 자신을 바라보는 박 여인의 눈길이 점점 싸늘하게 바뀌는 것을 느꼈다. 급기야 다른 남자를 만나고 있다는 사실을 알게 되었을 때 그가 느낀 배신감은 이루 말할 수 없었다. 다른 남자 품에 안겨 희희낙락하는 박 여인의 모습이 떠올라 김봉한은 밤잠을 설쳤다.

"정말 진드기처럼 귀찮게 왜 이래? 전화 하지 말랬잖아, 끊어!"

김봉한은 마지막 희망을 걸고 그녀에게 전화를 걸었다. 송수화기를 통해 전해오는 얼음처럼 차가운 박 여인의 목소리가 바삭바삭 부서진 유리처럼 그의 가슴 곳곳에 박혔다. 김봉한은 거리를 정처 없이 배회했다. 그녀와 다정히 걸었던 예전의 그 거리가 아니었다. 휘황한 불빛으로 아름답던 밤거리가 지옥 불처럼 여겨졌다.

한없이 걷다 보니 어느덧 그녀의 집 앞이었다. 김봉한은 그녀와 자주 가던 술집에 들어가 맥주 한 병을 주문했다. 술을 한 모금씩 들이킬 때마다 안주를 입에 넣어주며 혀처럼 굴던 그녀가 떠올랐다. 그러나 바로 그 뒤를 이어 진드기처럼 귀찮게 왜 이래, 라고 말하던 박 여인의 목소리가 따라왔다.

"나쁜 년, 어떻게 나한테 그럴 수가…. 뭐 찐드기라고?"

생각할수록 화가 치밀어 올랐다. 돌변한 그녀를 김봉한은 도저히 받아들일 수 없었다. 속에서 부글부글 끓어오르던 화가 화산처럼 폭발할 것 같았다. '그래, 잔인한 복수를 해야 한다.'라고 생각한 김봉한은 자리를 박차고 일어나 그녀의 집으로 향했다.

"밤늦게 찾아와서 미안하다."

"나이깨나 먹은 사람이 왜 그래요? 알 만한 사람이 밤늦은 시간에 행동을 그따위로 하고…."

포도를 먹으며 텔레비전을 시청하고 있던 박 여인의 큰딸 김경미가 벌레 대하듯 인상을 쓰며 김봉한을 쳐다봤다. 김봉한은 애써 참았던 화가 끓어오르는 걸 누르며 주방으로 발걸음을 옮겼다. 싱크대 위에 놓인 칼이 보였다. 오른손으로 칼을 들어 뒤로 감추고 성큼성큼 김경미가 있는 방으로 들어갔다. 김경미는 눈길 한 번 주지 않고 텔레비전만 바라보고 있었다. 그는 순식간에 김경미의 입을 틀어막고

좌측 복부를 찔렀다.

우우 우욱, 김봉한의 손가락 사이로 김경미의 비명이 터져 나왔다. 곧 이어 김경미가 그의 두 손을 움켜쥐고 놓지 않았다. 죽어가는 이의 최후의 발악인가, 그녀가 김봉한의 손을 잡고 거세게 반항했다. 억센 김경미의 팔 힘에 놀란 김봉한은 그녀의 왼쪽 팔을 입으로 물어뜯었다. 통증을 참지 못한 김경미가 그의 손을 놓았다. 김봉한은 잽싸게 김경미의 다리를 찔렀다. 그때였다. 잠시 가게에 물건을 사러 갔던 박 여인의 둘째 딸이 현관문을 열고 들어왔다. 놀란 김봉한은 후다닥 달려 나가 김은미의 복부 깊숙이 칼을 밀어 넣었다. 김은미가 쓰러진 걸 본 김경미가 방 안에서 기어 나오며 "미야, 너는 도망가라." 하고 소리를 쳤다. 김봉한은 김경미를 주방으로 질질 끌고 들어가 정신없이 칼을 휘둘렀다. 그런 후 쓰러져 신음하던 김은미도 역시 주방으로 밀어 넣고 칼질을 했다. 두 자매를 살해한 김봉한은 현장에서 50미터 떨어진 골목길 담에 주차되어 있던 트럭 뒤에 숨어 있었다. 박 여인의 아들 김승준이 귀가하기를 기다리기 위해서였다. 학원에서 돌아오던 박 여인의 아들 김승준을 본 김봉한은 "할 말이 있으니 따라오라."며 아파트 3층 옥상으로 데리고 갔다. 혈기 왕성한 고등학생인 김승준이 어찌해볼 틈도 없이 김봉한은 그의 복부에 칼을 밀어 넣었다.

범행에 사용했던 식칼과 피 묻은 신발, 잠바, 바지, 회색 작업복.

말없이 마주 보고 앉아 있는 그들 사이에 살인에 사용됐던 증거품들이 놓여 있었다. 그것들만이 끔찍했던 그날의 흔적들을 상기시키는 듯했다.

그와 마주 앉은 김 반장은 하고 싶은 말이 많았지만 쉽게 말이 나오지 않았다. 꽃다운 생명들에게 화풀이를 한 질투의 화신을 원망하며 허공만 응시하고 있는 김봉한. 김 반장은 그를 바라보며 손바닥으로 목덜미만 쓸어내리고 있었다. 돈으로 사랑의 가치를 환산한 여자는 자신의 금쪽같은 자식을 셋이나 잃었고 한순간 화를 삭이지 못해 손에 피를 묻힌 남자는 올가미에 육신을 마감하는 신세가 되었다. 사랑과 배신의 낡아빠진 수레바퀴 아래 깔려 허우적대는 두 남녀의 영상을 떨쳐버리기 위해 김 반장은 자꾸 고개를 내저었다.

04
완전범죄는 없다

김 반장팀은 13년 전 조각 지문으로
신원이 밝혀진다 해도 과연 기소할 수
있는지에 대해 열띤 토론을 벌였지만
시원한 결론을 내지 못했다. 그래도
부딪쳐 보기로 했다.

"모텔에 투숙할 때마다 우리는 뒤엉켜 섹스를 했는데 그날은 웬일인지 저를 쳐다보지도 않고 리모컨으로 텔레비전 채널만 계속 정신없이 이리저리 돌렸습니다."

유통회사에 근무하고 있는 김윤하(가명, 당시 22세)는 그 당시 상황을 담담하게 진술했다.

때는 13년 전으로 거슬러 올라간다.

김윤하는 발랄하면서도 새침데기 대학생이었다. 가정 형편이 좋지 않아 이것저것 가리지 않고 일을 해서 학비를 벌어가며 열심히 공부했다. 그런데 편의점이나 분식집에서 하는 아르바이트 비용으로는 등록금을 맞추기가 매우 어려웠다. 어느 날 서면 거리를 힘없이 터덜터덜 걸어가는데 '종업원 구함'이라는 문구가 눈에 띄었다. '은비'라는 주점에서 아르바이트생을 구한다는 광고 전단지였다.

은비에서 일한 지 20일째 되는 날, 손님으로 가게에 온 일행 네 명이 비싼 양주를 주문했다. 대기업 법무팀 직원들이라고 했다. 그들 중 옷차림이 깔끔한 손창호(가명, 당시 27세)가 김윤하에게 다가와 고생이 많다면서 유난히 친절하게 대해주었다. 그들의 인연은 그렇게 시작되었다.

그들이 연인으로 발전하고 난 뒤 얼마 지나지 않아 부전동에 위치한 유니콘 게임랜드에서 강도 살인 사건이 일어났다. 범인은 이 게임장에서 환전상으로 일하는 차신희(가명, 당시 35세)를 등산용 칼로 살해하고 현금 등 75만 원을 강취해 달아났다.

살인사건 수사본부에서는 오락실 출입자 및 주변 불량배, 현장 증거 자료를 단서로 엄청난 강도의 수사를 진행하였으나 특별하게 이 사건의 용의자로 지목할 만한 인물은 찾을 수 없었다. 이 사건은 그렇게 13년간 미제(未濟)로 남아 있었다.

김 반장팀은 13년 전에 발생한 오락실 강도 살인사건을 정밀 재검토해보기로 했다. 기록을 검토하던 박 형사는 그 당시 신원 확인이 안 되던, 화장실 문에서 채취한 혈흔이 묻은 조각 지문으로 다시 검색을 해 보고자 했다. 김 반장팀은 13년 전 조각 지문으로 신원이 밝혀진다 해도 과연 기소할 수 있는지에 대해 열띤 토론을 벌였지만 시원한 결론을 내지 못했다. 그래도 부딪쳐 보기로 했다. 결국 혈흔 조각 지문의 당사자는 절도 등의 전과 10범 손창호로 밝혀졌다.

사건이 일어났던 당시 손창호는 고등학교를 졸업하고 유통업체에서 영업 및 배송 일을 하고 있었는데 사장이 은행에 송금하라고 맡긴 돈을 횡령하는 등 돈의 씀씀이가 커지고 있었다. 주변 사람들에게 대기업 법무팀에 근무한다면서 허세를 부렸으며, 여자들에게 환심을 사기 위해서 차츰 더 큰돈이 필요했다. 밤에는 남의 집 담장을 넘어 물건을 훔치고 차량을 빌려서 담보로 급전을 쓰다 보니 교도소를 오가는 신세가 되어 전과 10범의 이력을 갖게 되었던 것이다.

박 형사는 손창호와 마주 앉아 지루한 심리전을 치르고 있었다.

손창호는 시종일관 일치하지 않는 진술을 반복했다. 처음에는 범죄 현장인 유니콘 오락실을 전혀 모른다고 했다가 얼마쯤 지나 다시 말을 바꿔 오락실을 알고 있으며 그 오락실 앞에 설치된 게임기를 이용한 사실이 있다고 진술했다. 그러면서 오락실 내부는 들어가 보지 않아 내부 구조를 전혀 모른다고 했다. 그러나 박 형사가 오락실 전경 사진을 보여주며 추궁하자 사실은 동전 교환과 화장실을 이용하기 위해 게임장 내부에 들어가 본 적이 있다고 하는 등 때마다 말을 바꾸며 모순된 진술을 했다.

손창호는 이 사건에 대해 범행을 저질렀는지, 범인을 알고 있는지, 범행에 관련한 질문에 대해 모두 아니요, 라고 답을 했는데 거짓말탐지기에서는 모두 거짓반응으로 나타났다. 하지만 심증만 갈 뿐 뚜렷한 물증이 없는 상태라 수사는 난항에 부딪혔다.

그런데 행적에 대한 심문을 하던 중 공금 횡령은 왜 했느냐, 라는 박 형사의 질문에 손창호는 그때 당시 술집에서 만났던 여자에게 명품 옷이랑, 반지를 선물하기 위해서 횡령을 하게 됐다고 답을 했다.

그 술집 여자가 바로 김윤하였다.

"손창호가 윤하 씨에게 명품 옷과 반지를 선물했다는데 선물을 받은 사실이 있습니까?"

박 형사의 질문에 김윤하는 펄쩍 뛰면서 13년 전 기억을 떠올렸다.

손창호는 김윤하에게 자신을 대기업에 근무하는 돈 많은 남자라고 속여 접근했다. 처음 얼마 동안은 돈을 펑펑 쓰는 듯 보였는데 연인 관계로 발전하게 되자 그는 김윤하에게 수차례 돈을 빌려가고 갚지 않는 일을 반복했다. 급기야 그녀에게 용돈을 받아 쓰면서 은행 대출까지 요구하고 김윤하가 이를 거절하자 목을 조르는 등 폭력을 행사하기에 이르렀다. 이 일로 김윤하는 손창호를 고소하게 되고 그는 경찰에 구속되었다.

그렇게 한때 연인 관계였던 그들의 사이는 악화되어 이별을 맞이했고 이제 살인사건의 용의자와 참고인으로 재회한 것이다.

김윤하의 경찰서 출두는 이번이 세 번째였다. 처음 출두는 살인사건 용의자인 전 애인의 자격으로 진술을 했는데 손창호는 내성적인 성격에 거짓말을 아주 능숙하게 잘하였고 수중에 조금이라도 돈이 있으면 허세를 부리는 스타일이라고 증언했다.

두세 번째는 사건 당시를 떠올리니 기억나는 게 있다며 진술을 자청했다. 두 번째 진술에서 김윤하는 첫 번째 문답에서 기억해 내지 못했던 중요한 사실을 진술했다.

"어느 날, 손창호가 저를 불러내서 만난 적이 있는데 그 사람의 상의에 깨알 같은 검은 점들이 지저분하게 묻어 있었습니다. 또 바지 허벅지 부분이 흠뻑 젖어 있던 것을 보고 왜 이렇게 지저분하게 다니느냐, 라고 제가 물었던 게 생각납니다."

"그랬더니 뭐라고 하던가요?"

"코피가 나서 그렇다고 하더군요. 그러면서 이렇게 다니면 사람들이 나를 이상하게 생각하겠지, 라고 말했습니다. 그 후, 어디론가 씻으러 갔던 기억이 나서 수사에 도움이 될까 싶어 연락했고 이렇게 조사를 받습니다."

김윤하는 1차 조사를 받고 난 뒤 집에 누워 손창호가 평소와 다른 점이 없었는지 곰곰이 생각하던 중 지저분한 옷과 관련된 장면이 떠올라 경찰서로 연락을 하게 되었다고 진술했다.

"그날 손창호의 상의는 밝은 미색 반팔 티셔츠였는데 배꼽을 기준으로 양옆 아래 방향에 깨알 같은 검은 무늬가 많이 퍼져 있었습니다. 바지는 베이지색 계통의 면바지였고 양쪽 허벅지 안쪽부터 바깥쪽까지 물에 흥건히 젖어 있어 꼭 옷에 오줌을 싼 것처럼 선명하게 젖어 있었습니다."

그녀는 그 시기까지 기억하고 있었다. 그렇게 상세하게 기억하는 이유가 학교 학사 일정을 비교해 보니 성적을 받고 수강신청을 하는 기간이어서 뚜렷하게 생각이 난다는 말과 함께 자신이 다녔던 대학의 학사일정표까지 제출했다.

계속 거짓말을 일삼고 진술을 번복하고 있는 손창호에 비해 그녀의 진술은 상당히 신빙성이 있었다.

김윤하의 이번 세 번째 경찰서 출두 역시 전회 진술 내용에 추가할 사항이 있다며 자진 출두한 것인데 역시 두 번째 진술에서 말하지 않았던 사항이었다.

"그렇게 지저분한 옷차림으로 만나서 어딜 갔는지 어제는 기억이 나지 않았는데 계속 기억을 더듬어 보니 부전시장 인근 허름한 모텔에 투숙한 사실이 기억나서 오늘 이렇게 다시 오게 됐습니다."

"그때 손창호는 평소와 다르게 왠지 성급하게 모텔로 들어가는 느낌이었습니다."

그 후 피의자는 모텔에 들어가 옷을 벗지 않은 채 화장실로 들어가 20분에서 30분 동안 물을 틀어 놓고 무언가를 했는데 나중에 보니 옷을 빨아 화장실 수건걸이에 걸어놓고 평소와 다르게 성관계도 하지 않은 채 텔레비전 채널만 정신없이 돌리고 있었다고 했다. 또한 항상 돈이 없던 사람이 그날은 현금 뭉치를 가지고 있었다는 것이다.

한편 손창호는 현장 화장실에서 발견된 혈흔이 묻은 본인의 조각 지문에 대해서 시종일관 모르겠다, 라는 말만을 반복했다. 또한 자신과 어긋나는 김윤하의 진술에 대해서도 김윤하가 거짓진술을 한다면서 대질을 요구하는 등 도대체 왜 그곳에서 자신의 지문이 나왔는지 모르겠다며 계속 모르쇠로 일관하였다. 할 수 없이 그 둘을 대질 심문하기에 이르렀다. 역시 배짱 좋게 김윤하는 대질 심문에 응하겠다고 했다.

피의자 손창호는 시간이 오래되어 '기억이 나지 않는다, 모르겠다.'라고 성의 없는 답변으로 일관하더니 김윤하와의 대질심문 중 그녀가 자신에게 불리하게 증언하는 내용에 대해서는 분명한 어조로 "거짓말이다."라고 말하며 그 역시 시간이 오래된 일인데도 김윤하와 버스를 타고 영도와 찜질방 등을 다녔다며 참고인 김윤하와 상반되는 진술만을 주장했다. 그와 더불어 범죄현장에서 발견된 피의자의 혈흔지문에 대해서는 역시 무조건 "모른다, 이해가 안 간다."라는 진술 외에 그 어떤 변명도 하지 않고 묵비권을 행사하고 있었다.

하지만 피의자 손창호의 묵비권 행사에도 불구하고

모든 정황은 그가 범인이라는 점을 입증하고도 남았다. 거짓말탐지기 검사 결과 부정적 대답 '아니요'에 대해서는 현저한 생리적 이상 반응인 '탄로 우려의 심리 상태'에서 기인한 결과라는 판정이 났다. 검사관이 사건과 관련한 이야기를 하겠다고 하면 거짓미소가 나타났으며 사건 기록을 읽어보았다고 하면 고개를 약간 숙이고 어금니를 무는 스트레스 반응을 보였다. 검사관으로부터 "유니콘 오락실 내 화장실에서 사람이 죽었다."는 이야기를 듣고는 순간적으로 시선 회피 반응을 보였으며 유니콘 오락실 화장실에 어떻게 가게 되었는지에 대한 질문을 받고 "그냥 소변 보러요."라고 대답하며 입술이 '역 U자형'으로 바뀌고 팔자주름이 깊이 파이는 표정이 나타났다.(이 표정은 슬픔, 두려움과 같은 부정 정서가 유발될 때 나타나는 대표적인 얼굴 근육 움직임이다) 그리고 이것들은 숨길 수 없는 그의 범행 입증 자료였다.

결국 수사를 종합한 결과 이 사건의 결정적 증거, 즉 범행 현장에서 발견된 피해자의 혈흔 위 지문이 손창호의 것이라는 점, 그 지문에 대해서 어떤 설명도 하지 못하고 있다는 점, 범행 현장 화장실 개수대에 깨알처럼 퍼진 혈흔과 같은 모양으로 피의자의 상의에도 깨알같이 많은 점들이 묻어 있었던 점, 더불어 투숙하던 모텔에서 반으로 접힌 천 원짜리와 만 원짜리 지폐로 숙박료를 계산한 점, 몹시 불안한 증세를 보이며 당시 입고 있던 옷을 직접 세탁했다는 점 등이 13년간 미제로 남아 있던 강도 살인 사건의 해결 열쇠로 작용했다.

돈 때문에 그토록 애인을 괴롭히던 강도 살인범 손창호는 결국 그녀를 통해 죗값을 받게 되었다. KBS <공개수배 사건 25시>에도 방영되었던 이 사건은 완전범죄란 없다는 점을 다시 한 번 각인시켰으며, 살인 공소시효 마감 2년을 앞둔 상태에서 김 반장팀의 끈질긴 집념과 과학수사의 눈부신 발전으로 해결된 장기 미제 사건이었다.

05
갱생의 염주

노동의 가치를 모르고 부질없이
자신의 생을 허비했을 뿐 아니라
죄 없는 여성들의 삶까지 피폐하게
만든 젊은이의 얼굴과 그의 팔에 걸린
염주를 번갈아가며 쳐다보았다.

"기장 용궁사 못 가서 세워주세요."

한눈에 봐도 돈 냄새를 물씬 풍기는 여인이었다.

"이 밤에 용궁사엘 가십니까?"

택시기사 김찬(22세, 가명)은 옆자리에 앉은 여자 손님을 슬쩍슬쩍 훔쳐보며 말을 붙였다. 여자는 다이아 반지를 낀 손으로 바람에 날리는 머리를 쓸어 올리며 말없이 창밖으로 시선을 돌렸다. 한 손으로 운전대를 잡고 있던 김찬은 다른 쪽 손으로 라디오의 볼륨을 조절하는 척하며 다이아 반지와 한쌍인 듯 보이는 여자의 목걸이를 눈여겨보았다. 차창 밖의 가지각색 조명을 받은 여자의 목걸이가 봉긋한 가슴 위에서 황홀하게 빛나고 있었다. 어느 순간 김찬의 눈에 영롱한 목걸이와 화투판 삼팔광땡이 자꾸 겹쳐 보였다. 김찬은 운전대를 손가락으로 톡톡 치며 콧노래를 흥얼거렸다. 창밖을 보던 여자가 가방에서 콤팩트 파우더를 꺼냈다. 그 순간 몇 장의 지폐가 우수수 바닥으로 떨어졌다.

"어후 손님. 얼마나 돈이 많기에 휴지 버리듯 흘리십니까, 허허허."

여자는 정말 휴지 줍듯 지폐 몇 장을 주섬주섬 주워 가방에 아무렇게나 구겨 넣었다. 그런 후 자신을 훔쳐 보는 김찬을 무시한 채 얼굴의 유분기를 꼼꼼하게 닦아 냈다.

그 순간 김찬의 눈과 손 다리는 운전하는 데 열중하 고 있었지만 머리는 다른 생각으로 가득 차 있었다. 여 자의 몸에 걸린 귀중품과 가방 속 현금을 자기 주머니 속으로 옮겨올 구상을 하고 있었던 것이다.

여자가 머리를 좌석에 기대고 잠시 눈을 감은 사이 김찬은 으슥한 해변가 뒷길로 차를 돌렸다. 차가 멈춘 것을 느낀 여자가 눈을 뜨자 김찬이 갑자기 여자의 따 귀를 후려치며 말했다.

"조용히 내려!"

여자는 돌변한 택시 기사의 태도에 깜짝 놀라 "아저씨 왜 이러세요, 네? 제발 살려주세요… 제발." 하며 흐느끼기 시 작했다.

"안 죽여. 안 죽일 테니, 걱정 말고 내려 이런 쌍!"

김찬은 험악한 얼굴로 여자를 발로 걸어찼다. 그런 후 여자의 가방에서 나온 손수건으로 입을 막고 미리 준비한 테이프로 손을 묶었다. 먼저 탐나던 목걸이와 반지를 빼앗아 주머니에 넣고 가방을 뒤지던 그는 생각 보다 많은 현금에 웃음을 참지 못했다. 김찬은 흐흐흐 웃음을 흘리며 여자를 쳐다보았다. 무서움에 바들바들

떨고 있는 여자의 치마가 허벅지 위로 올라가 어둠속에서 흰 살결이 유난히 돋보였다.

"흐흐흐, 가는 정 오는 정이라고. 반지 목걸이에 돈까지 이렇게 두둑이 주셨는데 나도 뭔가 싸비스를 해드려야 되겠지요, 누님!"

이미 제정신을 잃은 김찬에게 있어 증오에 찬 여자의 몸부림과 신음은 환희에 들떠 내지르는 교성처럼 느껴졌다.

거친 호흡들과 뒤섞인 담배 연기가 안개처럼 밀실을 배회하고 있었다. 김찬의 손에 들린 화투가 미세하게 떨렸다. 김찬의 건너편에 앉은 중년의 남자도 자세를 고쳐 앉으며 담배를 폐부 깊숙이 빨아들였다. 그가 다시 내뱉는 담배연기가 화투판 주위를 맴돌더니 잃어버린 돈처럼 스르르 사라져버렸다. 수중의 돈이 바닥 난 김찬은 속이 탔다. 이번에는, 이번에는 하며 패를 돌리지만 좀체 기회는 오지 않았다. 결국 회사 사납금까지 모두 잃어버린 김찬의 마음속에는 무언지 모를 오기가 솟아오르며 두 주먹이 불끈 쥐어졌다. '그래, 기회는 언제고 올 거야. 또 한탕 해서 그 기회를 잡고 말겠어.' 그렇게 생각한 김찬은 끓어오르는 울분을 애써 꾹꾹 누르며 땅거미가 내리기 시작하는 거리로 나왔다.

'이번에는 크게 한탕 해야겠어, 그러려면 혼자서는

안 돼.'

　그는 핸드폰 주소록을 이리저리 뒤져 뺑끼통이라는 별명을 가진 김정수(22세, 가명)와 성격이 불 같은 박인수(22세, 가명)까지 불러냈다. 중학교 동창이기도 한 그들은 현재 같은 택시 회사에 근무하고 있는 친구들이었다. 선술집에 둘러앉은 이들 셋은 야심한 시각까지 한탕에 대한 작전 구상을 했다. 우선 번화가 백화점 앞에서 대상을 물색하고 어느 정도의 거리까지 택시로 따라가다가 한 사람이 일부러 접촉사고를 내면 두 명이 나타나 도와주는 척하며 범행을 저지르자고 합의를 보았다.

　그들이 쳐놓은 그물에 싱싱하고 살찐 고기가 걸려들었다. 김수정(23세, 가명)은 소녀처럼 아름다운 미소를 가졌을 뿐 아니라 미끈한 몸매에 어울리는 찬란한 다이아몬드 목걸이를 걸고 있었다. 일단 각자의 역할을 확인한 후 김찬은 미끄러지듯 굴러가는 수정의 벤츠를 뒤따랐다. 오가는 차량과 행인들은 여느 날과 다름없이 바쁘게 움직이고 있었다. 김찬은 기회를 잡기 위해 조바심을 내면서 앞차를 바짝 따랐다. 드디어 수정의 검은색 벤츠가 인적이 드문 곳으로 접어들었다. 때는 이때다 싶어 김찬은 핸들을 꺾어 수정의 차를 가로막았다. 차에서 내린 수정이 신경질적인 표정으로 "아저씨, 뭐예요? 깜빡이도 안 켜고 그렇게 급하게 들어오면 어쩌자는 건데요."라고 말했다. 김찬은 오히려 큰소리로 "아, 참나, 아가씨! 안전거리 확보 몰라? 안전거리 확보도 안 하고 운전을 하니까 이런 사고가 생기지 엉!" 하면서 떠들었다.

"아니 뭐예요? 나 참, 기가 막혀서. 경찰 부를 테니 그 앞에서 그렇게 말해보시죠."

수정 역시 지지 않고 김찬에게 따졌다. 김찬과 수정이 옥신각신 하는 사이 어느 틈에 나타난 김정수와 박인수가 그들에게 접근했다.

"아니 이것 보세요. 우리가 그냥 지나치려고 했는데 아저씨가 너무 하는 거 같아 이렇게 왔어요. 듣자 하니 아저씨가 백 프로 잘못했던데요 뭘. 빨리 배상하고 끝내세요."

"아니 뭐야, 당신들 같은 편 아냐? 이거 수상해. 내가 뭘 잘못했다는 거요? 당신이 봤어? 봤냐고?"

김찬은 억울하다는 듯 수정과 자신의 친구들에게 삿대질을 해가며 목소리를 높였다.

"여기서 이러지 말고 일단 안전지대로 차를 빼세요. 우리가 봐도 아가씨 잘못은 없으니 걱정 말고요. 우리가 증인이 돼줄 테니 우리만 믿어요."

뺑끼통 김정수가 나긋나긋한 태도로 수정의 심기를 다독이는 사이 박인수는 "놀라셨을 테니 제가 차를 빼드리지요." 하며 수정에게서 차 키까지 넘겨받았다. 어리둥절한 수정을 김정수가 떠밀다시피 뒷좌석에 태우고 자신은 수정의 옆자리에 앉자 박인수가 급히 차 시동을 걸었다. 차가 출발하려는 찰나 수정의 다른 쪽 옆자리로 김찬이 올라탔다.

"어, 아저씨는 왜 이 차를 타는 건데요? 빨리 내리세… 윽!"

수정이 채 말을 마치기도 전에 김정수의 주먹이 수정의 옆구리를 강타했다.

"살고 싶으면, 조용히 해."

피우다 만 담배를 거칠게 뱉듯 김찬이 감정 없는 목소리로 말했다. 놀란 수정은 운전대를 잡은 박인수에게 "차 세워, 차 세우란 말이야."라고 고함을 질렀다. 김찬과 김정수는 주먹으로 양쪽에서 연방 수정의 등과 배등 전신을 폭행했다. 수정이 반항하면 할수록 그들의 주먹과 발길질이 거세졌다. 차가 부마고속도로를 벗어나 인적이 드문 곳에 정차하자 그들은 미리 준비한 테이프로 수정의 눈과 입, 손발을 결박했다. 수족이 묶인 여자는 증오의 눈빛을 보내며 계속 앙탈하듯 꿈틀거렸다. 그런 모습을 지켜보는 세 남자는 발버둥치는 여자가 더욱 매력적으로 보였다. 김찬은 수정의 현금과 귀금속을 모두 빼앗은 뒤 팬티를 벗겼다. 수치심에 다리를 꼬는 여자를 부둥켜안고 셋은 차례대로 자신의 성욕을 해결했다.

김찬 일행은 자신들이 원하던 '한탕'을 치르고 나서 축배를 들었다. 귀금속은 평소 도박판에서 알게 된 송씨가 맡기로 했다. 비록 실제 가격의 삼분의 일도 안 되지만 쉽게 취득한 물건이라 아랑곳하지 않았다. 이 세상 여자들이 가지고 있는 귀금속은 모두 자신들의 것이라 생각하며 그들은 유쾌한 웃음을 웃었다.

모처럼 사우나를 찾은 김찬은 뜨거운 물에 몸을 담그고 앉아 화투패를 떠올리고 있었다. 세상에 그보다 아름다운 그림은 없을 듯했다. 손 안에 들어오는 열두 달의 화려한 그림이 보고 싶어 안달이 날 것 같았다. 그동안 수십 회의 범행으로 돈이 제법 모였다. 생각만 해도 짜릿했다. 김찬은 벌떡 몸을 일으켜 도박판으로 향했다.

도박판은 이미 무르익어 있었다. 벌써 몇 명은 뒤쪽으로 물러나 앉아 있었다. 김찬은 제법 두둑한 주머니를 생각하고 처음부터 크게 돈을 걸었다. 세상사는 왜 그렇게 마음대로 되지 않는 건지 주머니가 헐거워질수록 김찬의 속은 까맣게 타들어가고 있었다. 마지막 한 수를 노리며 김찬은 주머니에 있는 돈을 모두 내려놓았다. 결과는 뻔했다. 쉽게 번 돈은 너무나 허망하고 쉽게 사라지고 말았다. 순간 김찬의 얼굴이 백짓장처럼 하얗게 질렸다. 숨도 제대로 쉴 수 없는 지경이 되었다. 울화통이 치밀어 도저히 견딜 수 없는 김찬은 그 길로 문을 박차고 도박판을 빠져나왔다.

텔레비전을 보며 진짜 큰 한탕을 계획하고 있던 김찬의 눈에 화면 가득 택시강도 사건이라는 문구가 보였다. 언제부터 저런 뉴스가 나오기 시작했는지 알 수 없었다. 택시강도 사건 주의, 택시 탈 때 주의사항 등의 문구가 뜰 때마다 김찬의 심장이 두근거렸다. 화면이 바뀌어 다른 뉴스를 전하고 있는데도 김찬의 귀에는 단정한 옷차림의 여자 아나운서가 시종일관 앵무새처럼 택시강도를 외치고 있는 것처럼 들렸다.

한동안 몸을 사려야겠다고 김찬은 생각했다. 무언가 좋지 않은 예감이 느껴져 집에서 꼼짝하지 않던 김찬은 한마디로 참담한 심정이었다. 좌절감보다는 적막감이 더욱 엄습했다. 그렇게 며칠이 지났다. 누군가 문을 두드렸다. 술심부름을 보냈던 여자 친구 경미인가 싶어 문을 열었다. 몇 명의 남자가 신분증을 제시하며 재빨리 김찬의 팔을 뒤로 꺾었다. 아아, 소리를 내지르는 김찬은 반항할 틈도 없이 경찰서로 연행됐다.

경찰서에서는 강력반 김 반장이 그를 기다리고 있었다. 한동안 뒷짐을 지고 여유로운 모습을 보이던 그가 날렵하고 냉소적인 매의 눈매로 그를 내려다보았다. 그러고는 이내 그 눈길을 거두었다. 무거운 침묵이 계속됐다. 지루한 싸움에 지친 빛이 역력한 김찬이 이내 입을 열었다.

"저… 담배 한 대 피우고 싶은데요."

담배 한 개비를 달게 피운 그가 말했다.

"그런데 저를 어떻게 알고 찾으셨어요?"

그를 쳐다보는 김 반장의 입가에 희미한 쓴웃음이 번졌다.

귀중품을 모두 뺏기고 폭행에 강간까지 당한 채 국도변에 버려진 피해자 김수정은 처음에는 창피해서 아무에게도 이 사실을 알리지 않았다. 그러나 병실에 누워 생각하면 생각할수록 억울하고 분해서 자기도 모르게 눈물이 계속 흘러 나왔다. 더구나 지금 어딘가에서 자신처럼 당하고 있을 누군가가 있다고 생각하자 도저히 입을 다물고 있을 수가 없었다. 자신이 입을 열면 범인을 분명히 잡을 수 있을 것 같았다.

"그게 궁금해? 피해자가 분명하게 기억하고 있더군. 자네 오른쪽 손을 들어봐."

놀란 김찬이 오른손을 급하게 들어보였다. 그의 오른쪽 팔에는 오래된 염주가 걸려 있었다.

"결정적인 단서는 그 염주였어. 택시 안에서 피해자가 끌려가면서 자네 손에 걸려 있는 염주를 본 거지."

김찬은 시선을 땅바닥으로 떨구며 모든 것을 체념한 듯 한숨을 내쉬었다.

사건에 대한 신고를 받은 후 전담반을 편성해 끈질긴 수사를 하던 김 반장은 반송 근처 택시회사에 같은 날

사표를 낸 세 명의 청년이 있다는 것을 밝혀냈다. 그들이 회사 생활을 할 때에도 도박에 빠져 사납금도 못 맞췄다는 첩보를 입수하고 소재를 파악하던 중, 피해자의 옷에서 추출한 혈액형이 AB형이라는 것이 밝혀졌는데 그 세 명 중 오른팔에 염주를 차고 다니는 김찬의 혈액형이 AB형이었다. 세 명의 사진을 입수해 피해자의 진술과 맞추어보고 전과를 확인하면서 다각적인 수사 끝에 세 명을 검거하여 범행 일체를 자백받았다.

피해 여성 중 한 명은 외상 치료도 문제였지만 정신적으로 큰 상처를 받아 정신분열 증세를 나타냈다. 남자만 보면 깜짝깜짝 놀라고 대인기피 증세를 보이고 있었다. 여타 다른 피해 여성들 역시 육체적·정신적 피해가 극에 달해 심각한 상황이었다.

김 반장은 노동의 가치를 모르고 부질없이 자신의 생을 허비했을 뿐 아니라 죄 없는 여성들의 삶까지 피폐하게 만든 젊은이의 얼굴과 그의 팔에 걸린 염주를 번갈아가며 쳐다보았다.

대자대비한 부처의 은혜를 바라며 팔에 착용하고 다니던 염주가 결국 갱생의 길을 걷게 해준 고마운 징표가 되기를 바라면서….

06
돈에 눈먼 오빠

'따르르릉! 따르르릉!'
사무실에 출근하자마자 책상에
누워 있던 송수화기가 몸을 일으킬
것처럼 벨이 울려 퍼졌다.

'따르르릉! 따르르릉!'

사무실에 출근하자마자 책상에 누워 있던 송수화기가 몸을 일으킬 것처럼 벨이 울려 퍼졌다. 모두 신경이 곤두선 표정들이었다.

"빨리 좀 와 보소, 아무래도 내 여동생이 죽은 것 같소. 급하요, 빨리 오소."

아니나 다를까. 살인사건이었다.

김 반장은 몇 모금 마시지 않은 커피 잔을 책상에 내려놓고 김 형사와 박 형사를 대동하고 현장으로 즉시 달려갔다.

현장의 시신 모습은 희한했다. 얼굴엔 온통 피멍이 들고 그 아래 목 부위에는 검은 구멍이 여섯 개가 나 있었다. 코 부위에는 흐르다 만 핏자국이 굳어 괴기 영화의 귀신 분장을 한 인형을 보는 듯 흉측했다. 죽어가면서 받았을 고통이 시신의 일그러진 얼굴에 그대로 나타난 듯했다.

범행 수법은 피해자의 얼굴에 나타난 참혹함만큼 대범했다. 피해자 박경희(32세, 가명)는 숨질 당시 아들 김

수완(7세, 가명)과 함께 자고 있었고 바로 옆방에서는 피해자의 오빠 박상진(37세, 가명)이 자고 있었기 때문이다. 뿐만 아니라 좀 더 떨어진 방에서 박경희의 아버지 박정규(65세, 가명)와 피해자의 딸 김지선(9세, 가명)이 자고 있었다.

적지 않은 수의 가족이 잠들어 있는 집 안에 침입해, 보란 듯이 살인을 저지른 범인을 생각하며 김 반장은 '누군지는 모르지만 정말 간 큰 놈이군.'이라는 생각을 했다.

이불을 목까지 덮고 반듯하게 누워 있는 피살자를 내려다보던 김 반장에게 피살자의 오빠 박상진이 다가오며 말했다.

"아, 글쎄 이상하더라고요. 다른 날 같으면 칼질하는 소리가 났는데 너무 조용해서 주방으로 가보니 동생이 없더만요. 이상하다 싶어 동생 방으로 갔는데, 반듯하게 누워 죽어 있질 않겠소. 세상에 무슨 이런 일이 있는지원."

피살자의 오빠 이야기를 들으며 김 반장은 누가 뒤진 듯 보이는 열려진 옷장 서랍과 여기저기 어지럽게 널린 옷가지들을 눈으로 살피고 있었다. 특별한 피해품은 없는 듯 보였다. 모발과 지문 그리고 옷가지 밑에 떨어져 있던 전화번호 메모 수첩 등을 수거했다. 현장 상태로 봐서는 강도 살인으로 볼 수도 있었지만 대범하고 참혹한 범행 수법으로 봐서 원한에 의한 사건의 가능성도 배제할 수 없었다.

먼저 같은 방에서 잠을 잤던 피살자의 어린 아들 김수완에게 그날의 정황을 물었다. 피살자인 어머니와 함께 10시경에 잠이 들었던 수완이는 새벽녘에 이상한 소리가 나서 눈을 떠보니 누군가 어머니 배 위에 올라타고 있는 것을 보았다고 했다. 그러나 무서워 이불을 뒤집어쓰고 말았단다. 그러다 둘이 투닥투닥 싸우는 소리를 이불 속에서 듣다가 그대로 잠이 들어버렸다는 어린애다운 증언을 했다. 소득 없는 진술이었다. 범행 현장에서 좀 떨어진 방에서 잠을 잤던 피살자의 아버지나 옆방에서 잠을 잤던 오빠 박상진 역시 아무 소리도 듣지 못했다는 증언으로 사건이 벽에 부딪치는 듯했다. 난감했다. 그렇다면 피살자의 어린 아들이 보았던 그날의 상황은 무엇이었을까. 남녀 간의 애정행각이었을까. 치정사건의 달인 박 형사 팀이 그쪽 방면 수사를 담당하기로 했다.

피살자에게는 남편이 있었는데 몇 년 전 술을 마시고 주변 사람과 싸우다 그대로 숨을 거두고 말았다. 그 후 피살자 박경희는 아들을 데리고 아버지와 오빠 곁으로 와서 살게 되었다. 조사 끝에 그녀와 교제를 하는 홀아비가 있음이 드러났다. 그러나 그를 찾아 추궁을 해보니 사건 당일 그에게는 확실한 알리바이가 있었다. 치정사건은 아니었다.

그다음으로 주목했던 것은 범행 현장에 떨어져 있던 수첩이었다. 현장에서 수거한 수첩은 피해자와 그 가족 중 누구의 것도 아닌 의문의 수첩이었다. 아무래도 수첩의 주인이 사건과 관련이 있을 것 같았다. 그렇다면 의외로 쉽게 사건이 해결될 수도 있겠다, 라는 막연한 기대를 했다. 재치와 끈기로 무장한 김 형사 팀이 이 방면의 수사를 맡기로 했다. 반나절이 지나자 뒷장의 프로필에 적힌 수첩 주인 김한수(가명)의 소재를 찾아냈다. 역시 재치 팀답게 발 빠른 성과였다. 그러나 기대가 크면 실망도 크다고 했던가. 그 수첩은 김한수가 몇 년 전 서면의 모 백화점 앞에서 술을 마시고 잃어버린 것이었다. 그런데 주인조차 까맣게 잊고 있었던 수첩이 왜 그 범행 현장에 있었던 것일까. 의외로 쉽게 풀릴 것 같던 사건이 미궁 속으로 빠져드는 순간이었다.

미궁 속을 헤쳐 나갈 실타래를 찾지 못한 김 반장은 산동네 초라한 주택가 돌 틈을 비집고 핀 여린 들꽃을 내려다보며 상념에 잠겨 있었다. 환경에 굴하지 않고 묵묵히 피어 미소를 머금게 하는 수수한 들꽃이 자신의 임무를 다하고 있는 듯하여 아름답게 보였다. 잠시 후 고개를 들던 김 반장의 눈에 산동네와 어울리지 않게 화려한 차림의 여인이 올라오는 것이 보였다. 하이힐과 세련된 옷차림이 김 반장의 눈길을 사로잡았다. 김 반장은 이곳과 전혀 어울리지 않는 여인이 어디로 무슨 일이 있어 가는지 호기심이 일었다. 자신을 바라보는 시선을 의식한 여인이 먼저 김 반장에게 말을 걸었다.

"아저씨, 무슨 일 있나요, 왜 그렇게 쳐다보세요?"

여인의 말을 받아 김 반장은 "아주머니는 여기 무슨 일 때문에 오시는 길인가요?" 하고 되물었다. 그러자 여인은 뜻밖의 말을 했다.

"보험 관계 일로 왔는데요."

그 말을 들은 김 반장의 뇌리에 섬광처럼 무언가 스쳐 지나갔다.

피살자의 보험가입 건수는 의외로 놀라웠다. 열한 개 보험회사에 피살자 박경희 명의로 137건의 재해 보험이 가입되어 있었다. 너무 많은 보험 건수에 놀랐는데 그보다 더 놀라운 사실은 월 불입액이 일천오백만 원이나 된다는 것이었다. 사고가 날 경우 수혜자는 피살자의 오빠 박상진이었고 수령액은 자그마치 40여억 원이었다. 산동네 초라한 살림살이에 어떻게 월마다 천오백만 원이나 되는 돈을 불입할 수 있었단 말인가. 더구나 경제활동을 제일 활발하게 해야 할 피살자의 오빠 박상진은 왼쪽 하반신 장애를 입어 생활보호대상자 2급이었다. 동사무소에서 쌀과 생필품을 지원받아 생활하고 있었으며 피살자 박경희 역시 생활보호대상자 1급으로 모자세대 양육비를 분기별로 지급받고 있었다. 이런 형편인데…. 생각할수록 의문투성이었다.

우선 박상진을 상대로 보험금을 어떻게 불입할 수 있었는지에 대한 강도 높은 수사가 시작됐다. 김 반장은 숨 쉴 틈을 주지 않고 박상진을 다그쳤다. 수사의 승패가 증거자료 수집, 상대에 따른 조사기법, 끈기에 달려 있다는 걸 오랜 경험 끝에 터득하고 있는 김 반장이었다. 그러나 박상진 역시 호락호락한 상대는 아니었다. 그는 호되게 다그칠수록 특유의 느물느물함을 자랑하며 능청을 떨었다.

"나는 지금 상주요 상주. 동생을 잃고 슬픔에 빠져 있는 상주에게 억울한 누명을 씌울 작정이오?"

그는 끝끝내 슬픔에 빠진 상주임을 강조하며 발뺌을 했다.

"이봐요, 박상진 씨, 아무 일도 하지 않고 있는 당신 형편에 어떻게 천오백만 원이나 되는 보험금을 불입했는지 입증을 해보란 말이오. 누구라도 이 상황이라면 당신 말을 믿지 않을 거요, 천오백만 원을 어디에서 구해 보험금을 냈는지 어서 말을 해보란 말이오. 그것만 입증하면 된다지 않소!"

같은 물음과 똑같은 대답만이 오가는 지루한 싸움이 이어졌다. 연일 계속되는 불볕더위 속에 누구를 응원이라도 하려는 듯 쉬지 않고 울어대는 매미소리만 맴맴 허공을 맴돌았다. 서로가 지쳐가고 있을 즈음 드디어 박상진이 한숨을 토해내듯 말을 꺼냈다.

"잘못했습니다. 제가 잘못했습니다. 돈에 눈이 어두워 불쌍한 내 동생을 제 손으로 죽였습니다. 잘못했습니다."

입으로는 잘못을 앵무새처럼 읊조리고 있었지만 그의 눈빛은 전혀 반성의 빛이 보이지 않았다. 그는 아무런 표정 없는 얼굴로 피곤한 듯이 술술 자백을 시작했다.

피살자의 아버지 박정규가 노후 설계 보험을 가입했는데 보험 가입 3개월 만에 한쪽 눈을 다쳐 보험금을 수령하게 되었다. 그 후 자신이 다방을 운영하면서 화재보험에 가입했는데 역시 3개월 만에 전기장판 과열로 화재가 나서 보험금을 지급받았다. 사고가 날 때마다 재수 없는 일이 왜 자꾸 일어나는가 하고 세상을 원망하기도 했는데 보험금을 지급받고 나서는 보험금이 구세주 같게 느껴지면서 "아, 이래서 보험을 드는구나."라고 생각하게 되었다.

그러던 중 보험금에 대한 생각을 굳히는 사건이 또 발생했는데 다름 아닌 형과 매제의 죽음이었다. 그의 형 박상철(40세, 가명)이 생명보험에 가입한 후 사망하자 보험금 2천만 원을 수령하고 그의 매제 김창수(가명) 역시 생명보험에 가입한 후 6개월 만에 폭행치사로 사망하자 보험금 1억 원을 받게 되었다. 그 돈을 받은 여동생이 아버지와 자신이 살고 있던 곳으로 와서 함께 살게 되었는데 그의 범행은 그때부터 치밀하게 계획된 것이었다.

서면 모 백화점 앞에서 주운 수첩을 보관하고 있던 것도 범행에 사용하기 위해서였다. 다름 아닌 후일 사건 현장에 떨어뜨려 수사에 혼선을 주기 위한 도구였다. 범인 박상진은 자신의 여동생 박경희를 피보험자로 하여 많은 보험에 가입했다. 매달 불입해야 하는 많은 금액의 보험액은 보험 회사에서 대출을 받아 다시 보험에 가입하는 방법을 쓰는 과정을 통해 4년에 걸쳐 차근차근 준비되었다. 매달 보험금을 불입하는 일이 벅찼지만 언젠가 타게 될 엄청난 액수의 보험 수령액을 생각하면 그다지 힘겹게도 느껴지지 않았다.

그리고 사건 당일, 피의자 박상진은 범행을 저지르기 전 집 근처 구멍가게에서 소주 한 병을 마신 후 집으로 향했다. 술과 범행에 대한 생각으로 얼굴이 불콰해진 그는 두 개의 냉장고에 연결된 전선을 자르고 5미터가량을 연결한 후 동생 방에 침입하였다. 그러고 나서 그곳에 있던 220볼트 콘센트에 동 전선을 꽂고 피해자의 배 위에 올라타 왼손으로 얼굴을 힘껏 누르면서 연결한 플러그를 목 부위에 10여 회 지져 감전되게 함으로써 쇼크사로 인한 살인을 저질렀다. 그런 다음 강도로 위장하기 위해 서랍을 열어젖혀 옷가지를 사방에 널어놓아 어수선하게 만들었다. 몇 년 전 서면 모 백화점 앞에서 주워 간직하고 있던 수첩을 방안에 떨어뜨리는 것도 잊지 않았다. 전기 코드 등 범행에 사용한 도구들은 집 근처 동굴 속에 깊숙이 감추고 돌아와 옷을 갈아입고 잠을 잤다.

돈 때문에 친여동생을 살해하고 태연히 잠을 잘 수 있었다니 그야말로 인간의 탈을 쓴 짐승이 아닐 수 없었다. 도대체 돈이 무엇이기에 친 혈육을 살해까지 하게 만드는 것인지…. 죄는 미워하되 사람은 미워하지 말라고 했으나, 몰인정하고 파렴치한 인간에 대해 김 반장은 환멸이 느껴졌다.

조사 결과 박상진에게는 이 사건 이전에도 미수에 그친 보험 사건이 또 있었다. 자신의 이복 조카인 박혁상(17세, 가명)의 명의로 3개의 보험회사에 9건의 재해보험을 가입했는데 이때 역시 피보험자 재해 시 자신을 수령인으로 하였다. 월 90만 원 불입액에 총 9억 원을 수령할 목적이었다. 이때는 단독 범행이 아닌 세 명의 친구와 함께였다. 범행이 성공할 시 그들에게 각 500만 원씩의 사례금을 지급하기로 약속했다. 그러나 범행을 저지르기 위해 문을 여는 순간, 피해자 박혁상이 안에서 "누구세요?" 하고 소리를 치는 바람에 도주하여 미수에 그친 사건이었다.

초점 잃은 박상진의 눈을 바라보던 김 반장은 문득 보드라운 흙이 아닌 척박한 돌 틈에서 꽃을 피우던 들꽃과 불볕더위에도 아랑곳하지 않고 짧은 생에 대한 아쉬움을 쉼 없이 노래하는 매미를 떠올렸다. 하찮은 미물들도 자신에게 주어진 생의 임무를 다하기 위해 저리 고단한 삶을 기쁘게 받아들이며 살고 있거늘…. 김 반장의 입에서 휴우, 하는 작은 탄식이 흘러나왔다.

07
욕망의 향락호

속칭 제비라고 일컬어지는 그들은
그랜저, 소나타, 벤츠 등 고급
승용차를 소유하고 있었다.
김 반장은 그들이 또 다른 세계에
사는 존재들로 여겨졌다.

일명 제비방이라 일컬어지는 성 유해업소에 대한 특별 단속이 이루어졌다. 제비방은 몇 명이 업주가 되어 공동투자 형식으로 장사를 하고 있어 업주 한 명이 구속되면 다른 업주가 영업을 계속 이어가기 때문에 아무리 단속을 하여도 소용이 없었다. 그야말로 쉽게 사라지지 않는 사회의 독버섯이었다.

단속반을 편성했다. 형사기동대와 폭력계, 소방서 등 합동드림팀을 구성하여 동시다발로 집중 타격할 계획을 세웠다.

드디어 어둠이 온천지를 보자기 안에 감싸듯 휘감는 심야.

제비방의 영업이 한창 무르익을 새벽 두 시였다. 어둠을 잘라 먹고 자라는 독버섯을 제거하기 위해 준비된 드림팀이 출동했다.

그 시간 사방에 둘러친 그물이 조여 오는 줄도 모르고 제비방 판코리아 룸 여기저기에서는 물 만난 고기떼처럼 팔딱이는 숨소리가 거셌다.

"모두 뒤로 돌아잇!"

탄탄한 전라의 뒤태에 여자들이 침을 한번 꿀꺽 삼키며 입을 모아 외쳤다. 남자 셋이 정면을 향해 몸을 돌리자 여자들의 눈이 휘둥그레지며 한동안 말을 잇지 못했다. 어색한 침묵을 먼저 깬 사람은 김 여사였다.

　"이야 기가 막히네, 그리스 조각이 따로 없네, 없어. 음."

　헬스로 미끈하게 잘 다져진 20대 남자들의 몸매에 중년 여인들의 탄성이 쏟아졌다.

　"저 탄탄한 팔뚝 좀 봐. 저 팔에 안겨 으스러져버리고 싶네, 호호호."

　"껴안아주세요~ 갈비뼈가 으스러지도록~ 뽀뽀해주세요~ 어금니가 쏙 빠지도록~ 홍홍홍 오늘 누구 넘어가겠네, 넘어가."

　"나는 갑자기 왜 이렇게 숨이 가빠지지 엉, 누가 이유를 좀 말해줘봐 봐."

　김 여사의 애교 섞인 콧소리에 모두들 꺄르르 하고 소파 뒤로 넘어지며 박수를 쳤다. 조명을 받고 서 있던 전라의 남자들이 여자들 사이에 하나씩 섞여 앉으며 바야흐로 그들만의 잔치가 시작되었다.

　붉은 조명 아래 그리스 조각상 같은 몸매를 뽐내며 서 있던 김찬호(24세, 대학생, 가명)는 판코리아에서 제일 잘 나가는 '물찬제비'였다. 눈물이 촉촉하게 고인 듯한 눈으로 지그시 여자들을 쳐다보며 "누님~" 하고 한 번 불러주면 그녀들의 핸드백과 치마 지퍼가 동시에 열렸다. 타고난 몸매와 인물 덕에 대학생 신분으로 그랜저를 몰고 다니는 그는 학생 갑부였다. 그가 업소를 찾는 여자들에게 최고의 인기남으로 불리는 것은, 물론 잘 빠진 몸매와 서글서글한 인상도 한몫했지만 실제는 다른 연유였다. 그것은 다름 아닌 페니스 총검술의 달인이기 때문이었다.

술자리가 잦은 남자들에 비해 마음먹고 제비방을 찾는 여자들의 술자리 행태는 웬만한 남자들도 혀를 내두를 정도로 노골적인 경우가 많았다. 그런 여자들의 눈에 들기 위해서는 얼굴에 가면을 열 개 정도는 썼다 생각하고 술자리에 불려 나가야 했다. 대범해질수록 여자들의 환호성과 손에 쥐는 돈 액수가 높아졌다. 그런 면에서는 김찬호가 단연 톱이었다.

오늘도 예외 없이 김 여사의 취중 객기가 시작됐다.

취기가 오를 대로 오른 김 여사.

"어이~ 야아아~ 화앙야에 무법자 추뚱~~~ 최후의 총자비, 내가 화아끄나게 석 장 쏜다."

김 여사의 허세에 곁에 있던 박 여사가 "우왕 김 언니 오늘 또 삘 단단히 바닷네 바다써."라며 술이 취해 혀 꼬부라진 소리로 응수했다.

김 여사가 손가락 세 개를 펼쳐 허공에서 연방 흔들자 다른 여자들은 우와~ 하는 함성을 계속 내지르며 탬

버린의 몸체를 잡고 격하게 흔들며 보조를 맞추었다. 밴드 마스터는 그녀들의 기분을 맞추기 위해 쓰러집니다~ 쓰러집니다, 라는 가사의 유행가를 연주하며 룸 분위기를 한껏 고조시켰다.

여자들 곁에서 술을 따르던 김창수(32세, 가명)와 권형섭(29세, 가명)이 난처한 얼굴로 서로 쳐다보는 사이 김찬호는 벌써 무대로 나가고 있었다. 그 모습을 지켜보던 박 여사가 자신의 파트너 김창수의 페니스를 슬쩍 쓰다듬으며 "총 팡팡 쏘고 살아 돌아와."라고 말했다. 권형섭의 파트너 미세스 천 역시 하트를 날리며 자신의 파트너를 응원했다.

전라의 남자 셋이 다시 무대로 오르자 사이키 조명과 오색찬란한 무대등에서 쏟아져 나온 현란한 빛이 그들을 휘감았다. 먼저 김창수와 권형섭이 자신의 물건을 휘두르며 총검술 시늉을 했다. 사이키 조명을 받아 끊어질 듯 끊어질 듯 이어지는 그들의 실루엣 위로 붉은 빛이 선혈처럼 퍼졌다. 이어지는 여자들의 신음과 탄성. 내지르는 여자들의 고함에 그들의 몸동작이 더욱 격해졌다. 선지 빛처럼 붉은 조명과 여자들의 비명이 남자들을 더욱 흥분시켰다.

흥분의 도가니에서 물 만난 물고기처럼 열광하던 그들이 일시에 냉동된 것처럼 숨을 멈춘 것은 문을 박차고 들어선 특별단속반 때문이었다. 달콤한 유혹에 빠져 황

홀경을 헤매던 그들은 경련을 일으키며 얼어붙었다.

그들의 숨죽임도 잠시, 여자들은 어머낫 하고 소리를 지르며 혼비백산하여 숨을 곳을 찾고 전라의 남자 종업원들은 옷을 찾아 입기 바빴다. 형사들이 여자들과 남자 종업원들을 한 모퉁이에 몰아세웠다. 머리에 손을 올린 그들은 불빛이 비치지 않는 어두운 구석 쪽으로 숨어들었다. 현란한 조명 아래 그들이 내뿜는 진한 향수와 끈적이는 땀 냄새가 형사들까지 어질어질하게 만들었다.

그들은 순식간에 당한 일이 너무 황당한지 주절주절 마치 변명을 늘어놓듯이 무슨 말인가를 늘어놓았다. 형사들이 그들을 어둠의 구덩이에게 밝은 세상으로 인도하듯 환하고 큰 방 쪽으로 이끌었다. 민낯을 가리고 화장품으로 변신했던 여자들은 모두들 땀에 젖어 반쯤 지워진 화장기로 얼굴이 얼룩져 있었다. 모든 것을 체념한 듯 눈을 감은 창백한 얼굴들, 부끄러워 얼굴을 들지 못하는 비굴한 모습들을 쳐다보는 김 반장은 뭐라 설명할 수 없는 감정의 소용돌이가 가슴속에 일었지만 시원한 말은 나오지 않았다. 그저 아무것도 듣지 않고 보지 않은 척 무심한 얼굴로 그들을 바라보는 김 반장의 귀에 어디에선가 짐승 같은 신음소리가 들렸다.

김 반장은 소리 나지 않게 걸음을 옮기면서 곁눈으로 사방을 주시했다. 하지만 소리 나는 곳은 쉽게 눈에 띄지 않았다. 끊어질 듯 끊어질 듯 이어지는 소리에 귀를 기울이며 다가간 김 반장의 눈에 밀실로 통하는 문이 보였다. 밀실 안에 또 다른 밀실이 있었던 것이다.

남녀의 끈끈한 숨결이 뒤섞인 밀실의 공기가 급히 열어젖힌 문으로 일시에 몰려나오는 듯 역한 향이 김 반장의 얼굴을 덮쳤다. 연한 주홍의 조명 아래 흐느적거리는 여자의 몸놀림, 남자 종업원의 유혹의 손장난, 그들만의 천국을 바라보는 김 반장의 얼굴이 화끈거렸다. 젊은 운동선수처럼 보이는 남자 종업원이 어둠 속에서 김 반장과 눈이 마주치자 급히 몸을 일으키며 누구냐고 소리쳤다. 남자의 발가벗은 몸매는 근육이 잘 발달되어 있었다. 근육질의 팔, 거웃이 수북한 사타구니를 지나 탄탄한 허벅지가 운동선수를 방불케 했다. 잘 다져진 몸매와는 달리 김경호(25세, 가명)는 아직 어린 티를 벗지 못한 앳된 얼굴이었다. 그 역시 젊은 나이에 흰색 그랜저를 소유하고 있었다. 윤락행위의 대가로 그들이 누님이라 부르는 여자들에게 돈을 받아 산 차가 분명했다.

속칭 제비라고 일컬어지는 그들은 그랜저, 소나타, 벤츠 등 고급 승용차를 소유하고 있었다. 김 반장은 그들이 또 다른 세계에 사는 존재들로 여겨졌다. 겉으로는 멀쩡한 육신을 소유했지만 반쯤은 썩은 정신을 가지고 과거도 미래도 없이 현재의 향락만을 추구하며 살아가는 이해 못할 존재들이었다.

아직 열기가 가시지 않아 눈자위가 붉은 여자는 멀리

대구에서 이곳까지 원정을 왔다. 찬연한 조명이 빛나는 밀실에서 남편에게 느끼지 못했던 달콤함에 빠져 귀금속과 돈을 날려버렸을 것이다. 얇은 속옷을 통해 여자의 엉덩이와 곡선의 몸매가 그대로 드러났다. 얼굴을 무릎에 파묻고 있던 여자의 젖가슴과 겨드랑이에서 그녀의 거친 숨결이 흘러나왔다. 잠시 고개를 든 여자와 김 반장의 눈이 마주치자 그녀는 달아나려고 몸을 재빠르게 일으켰다. 환상이 깨진 그녀가 달려갈 곳은 어디란 말인가.

"도망가지 마!"

김 반장의 외침에 여자는 어색하게 걸음을 멈췄다. 환상과 쾌락이 사라진 폐허에 캄캄한 불안이 찾아들었다. 초조하면서도 지친 듯한 목소리로 여자가 말했다.

"저는 어떻게 되는 거예요?"

김 반장은 대답 대신 빈 눈동자의 여자 얼굴을 찬찬히 살펴보았다. 상기된 얼굴이 아직 가시지 않은 그녀의 눈은 게슴츠레하고 눈동자는 허공의 무언가를 쫓고 있는 듯 텅 비어 있었다. 단지 술에 취한 얼굴은 아니었다. 바로 히로뽕에 취해 있었다. 남자 종업원들이 마약을 하고 있다는 제보가 있었던 터, 필시 여성고객들에게도 마약으로 고액의 장사를 했을 것이다. 여자는 소파에 비스듬히 기대어 풀린 눈으로 무아지경의 표정을 짓고 있었다. 그녀가 잠시 고개를 들어 김 반장의 날카롭고 예사롭지 않은 얼굴을 바라보더니 이내 머리를 숙여버렸다.

환락의 망망대해를 떠돌던 향락호.

욕망을 절제하지 못한 취객들은 자신이 탔던 배의 침몰을 눈물과 한숨으로 바라볼 뿐이었다.

드림팀으로 구성된 합동단속반은 성 유해업소가 밀집된 지역을 집중 내사하여 일명 제비 30명, 업주 10명, 그리고 여자 손님 130여 명을 일시에 단속하는 쾌거를 이루었다. 쾌거라 하지만 욕망에 휘둘리는 나약한 인간의 모습을 적나라하게 세상에 드러내 놓은 것 같아 씁쓸하기 그지없는 단속이었다. 제비라 불리는 남자 종업원들의 대다수는 그랜저, 소나타 등 고급 차량을 소유하고 있었는데 손님 테이블에 합석하여 받는 팁과 2차 외박 시에 받는 상당액의 돈으로 그러한 호화 생활을 영위하고 있었다. 그들 중에는 마약을 투약한 자도 있었다. 처음에는 발뺌을 하다가 결국 모 호텔 앞 노상에서 낯모르는 남성에게 히로뽕을 구입하여 자신의 방에서 투약한 사실을 시인했다. 출입하는 손님 층은 대학생에서부터 가정주부까지 다양하며 대구 경남 일대에서 이곳으로 원정을 올 정도였다.

이번의 쾌거는 무엇보다 업주 한 명만을 검거하던 기존의 검거 방식에서 벗어나 공동 투자한 업주를 모두 검거한 데 있었다. 공동투자를 하여 한 사람이 단속을 당하면 나머지 업주들이 영업을 계속하던 유해업소는 업

주가 모조리 검거되면서 더 이상 영업을 계속할 수 없게
되었다. 단속 후 일부 업소는 폐업을 하고 일부 업소는
업종을 변경했다.

단속에 단속을 거듭해도 언제고 환락가 독버섯들은
현란하고 휘황한 불빛 속에서 시들지 않고 지나가는 이
들의 눈과 옷자락을 붙들며 유혹의 손길을 팔랑일 것이
다. 그 손짓에 옷자락을 붙들려 뜨거운 불구덩이로 들어
가는 부나비처럼 환락의 망망대해를 떠도는 향락호에
몸을 싣는 사람들 또한 사라지지 않을 것이다.

싸늘한 찬바람이 외투 깃을 여미게 하고 잎 떨어진 앙
상한 나뭇가지들이 사람들의 마음을 더욱 허전하게 만
드는 새벽. 독버섯의 서식지를 근절할 사명감을 가지고
있는 김 반장은 동트는 새벽 거리로 눈길을 돌렸다.

멀리 밤새 취객들이 버리고 간 쓰레기를 청소하는 아
저씨와 새로운 소식을 전하기 위해 빠른 걸음으로 신문
뭉치를 옆에 끼고 뛰어가는 청년이 눈에 들어왔다.

사람들의 살아가는 모습은 참으로 제각각이다.

눈 깜짝할 사이에 지나가 버리는 우리들 각자의 삶을
스스로가 만족하면 그만이라고는 하지만, 돌아서면 허
탈할 욕망의 굴레에서 벗어나지 못한다면 과연 제대로
된 삶을 살았다고 할 수 있을까.

후회와 눈물을 흘리고 있을 그들이 삶의 진정한 기쁨
을 맛보게 되기를…. 신문뭉치를 옆에 끼고 힘차게 새벽

을 가르는 저 청년처럼 성실함의 의미를 알게 되기를⋯.
김 반장은 새벽 거리에서 깊은 상념에 빠졌다.

　바람이 차다. 찬 기운을 떨치고 봄소식을 알려주는 반
가운 손님, 제비가 더욱 기다려지는 날이다.

08
영웅의 전쟁

타국을 떠돌며 인격적인 차별에
분노하고 항거했던 신화적인 존재로
부각되었던 한 인물의 부실한 신화와
사랑은 그렇게 무너져 내렸다.

"아니 누가 잡혀왔다고?"

김 반장은 일요일 오후 경찰서로부터 비상 연락을 받고 눈이 휘둥그레졌다. 일본에서 최장기수로 31년간 감옥살이하다가 영웅 대접을 받으며 작년에 귀국한 권병삼(71세, 가명)이 경찰서에 붙잡혀 와 있다는 것이었다.

"남의 집에 들어가 불을 지르고 사람을 죽이려고 흉기를 휘둘렀다네요."

그날 오전 11시경 112 전화로 중년 남자의 다급한 목소리가 전해졌다.

"일본서 야쿠자를 죽인 그 권병삼이 저를 죽이겠다고 칼을 휘두르고 집에 불을 지르고 있습니다."

경찰들이 출동했을 때 현장은 아수라장이었다. 아파트 내부는 온통 시커멓게 타버려 전쟁 속 폐허처럼 여겨졌고 권병삼의 푸른색 티셔츠와 베이지색 바지에는 검붉은 피가 낭자했다. 중년 남자가 죽창을 휘두르는 권병삼에게 완강히 저항했기 때문에 더 큰 화재나 살인 사건으로 진행되지 않았다. 그나마 천만다행이었다. 권병삼은 도망갈 생각조차 없었다. 아니 외려 당당했다. 권병

삼은 스스로 '영웅 신화'에 사로잡혀 자신을 안중근 의
사와 동급으로 생각하고 있었다.

"나는 의로운 권병삼이오. 여자를 못 살게 구는 저놈
을 단단히 혼내주려고 했소이다."

중년 남자는 낚시점을 운영하고 있는 안준식(46세, 가
명)이었다. 옆에는 양순하게 보이는 그의 부인 손명자
(43세, 가명)가 어쩔 줄 몰라 하면서 발을 동동 구르고 있
었다.

권병삼처럼 피 칠갑을 하고 있는 안준식이 부인을 매
섭게 쏘아보았다.

"영웅은 무슨 영웅? 젊은 여편네가 늙은 놈하고 붙어
먹다니! 남부끄러워서 이거 원."

권병삼이 손명자와 처음 만난 것은 1년 전이었다. 부
산 국제시장 인근에서 제과점을 운영하고 있는 손명자
는 권병삼의 석방을 추진한 스님의 절에 다니는 신도였
다. 권병삼이 가석방돼 한국으로 오던 날, 손명자는 환
영 꽃다발을 들고 김해공항에 나갔다. 카메라 플래시 세
례를 받으며 공항 입국장으로 들어서는 권병삼은 태극
기로 감싼 어머니 유해함을 품에 안고 있었고, 스님은
그의 어머니 영정을 들고 있었다. 그 모습을 본 손명자
는 속으로 깜짝 놀랐다. 사진 속 권병삼의 어머니와 몇
해 전 운명을 달리한 자신의 어머니가 쌍둥이처럼 닮았

기 때문이었다.

얼마 후 그들은 범일동 근처 한 식당으로 자리를 옮겼다. 그녀가 점심을 대접하겠다고 청한 자리였다.

"저는 공항에서 스님이 안고 들어오시는 영정을 보고 억수로 놀랐어예. 권 선생님의 어머니 모습이 돌아가신 저희 어머니와 영판 닮았더라고예."

"그런가요, 이거 참 희한한 인연이네, 그려."

스님이 권병삼을 쳐다보며 말했다.

"제가 하는 제과점 바로 옆에 친구가 꽃집을 한다 아입니까. 절에 모신 권 선생님의 어머님 영전에 매주 한 번씩 꽃을 갖다 바칠 수 있도록 허락해주이소."

권병삼은 오래 고립된 생활을 한 사람 특유의 체취가 풍겼다. 감정의 기복 또한 심한 것 같았는데 일본말로 뭐라고 한참 이야기했으나 손명자는 "고맙다"라는 말만 알아들었다. 스님은 "그래, 어머니를 통해 두 분의 인연이 닿는 모양이군요."라고 말했다.

실제로 두 사람에게는 예사롭지 않은 인연이 예정돼 있었다. 하지만 그전에 권병삼은 이런저런 우여곡절을 겪어야 했다. 한국 생활이 처음인 데다 의사소통도 제대로 되지 않는 권병삼을 위해 스님은 홀로 사는 50대 중반의 가사도우미 보살을 소개해줬다. 그런데 어느 날, 권병삼이 서울에 가서 미모의 여인 하나를 데리고 왔다. 저마다 타고난 인연이 있다고 하지만 일흔 나이에 접어

든 권병삼이 생판 모르는 이국땅, 아니 고국 땅에 아는 여인이 있다는 것은 신기했다. 그가 데리고 온 여인은 기숙자(52세, 가명)였다.

알고 보니 권병삼과 기숙자는 법률상 부부로, 20년 전 일본과 한국의 무기수로 옥중 결혼한 사이였다. 얼굴이 예쁘장하고 교태가 넘치는 기 여인은 젊은 시절 일본인 사업가의 한국인 현지처였다. 일본에서 따지러 온 본부인과 기 여인 사이에 대판 싸움이 벌어졌다. 그 와중에 본부인을 기 여인이 손으로 밀쳤는데 넘어지면서 머리가 탁자 모서리에 세게 부딪쳐 본부인이 뇌진탕으로 즉사해버렸다. 권병삼은 어느 날, 기 여인을 옭아맨 기구한 사연을 신문에서 읽었다.

'이 여인도 나와 똑같이 일본인을 죽인 무기수구나.'

권병삼은 '권병삼 후원회' 사람을 통해 김해교도소에 복역 중이던 기 여인과 접촉을 시도했다. 그는 이목구비 또렷한 기 여인의 얼굴 사진을 처음 봤을 때 '같은 값이면 다홍치마'라는 한국 속담을 떠올렸다. 두 사람은 3년여 편지를 주고받다가 옥중 결혼을 했다. 그 후 기 여인은 감형 처분을 받고 석방됐는데 "권병삼과의 의리를 지키겠다."고 한국과 일본을 오가며 옥바라지를 했다. 1년여 옥바라지를 했을까. 기 여인은 권병삼이 모아놓은 거액을 챙겨 달아났다. 권병삼은 "이년을 꼭 잡아 죽일 것"이라며 옥중에서 두 주먹을 불끈 쥐었다.

권병삼이 한국으로 영구 귀국하자 기 여인은 도둑이 제 발 저렸는지 먼저 권병삼에게 나긋한 목소리로 연락을 해왔다.

"당신! 드디어 한국에 오셨군요. 지난 시절의 모든 허물을 용서하세요."

그녀는 훔쳐간 돈으로 음식점과 찜질방 사업을 하다가 실패했다고 했다. 그러면서 "한국에 오면 다시 만나자고 내가 편지를 쓴 적이 있잖아요. 여보~."라고 콧소리를 내가며 권병삼을 구슬렸다. "저 아이가 참 고맙고 귀한 사람"이라고 살아생전 어머니가 하던 말을 떠올리면서 권병삼은 마음을 누그러뜨려 기 여인과 재결합하기로 했다. 하지만 권병삼과 기 여인은 애초부터 어긋난 인연이었던 것일까. 기 여인이 두 달을 살다가 또 거액을 챙겨 잠적해버렸다. 낯선 고국 땅에서 사는 일이 감옥살이보다 더 어렵다고 생각하던 차에 지푸라기를 붙잡는 심정으로 애써 받아들인 옛 여인이었는데, 그녀의 거듭된 배신은 권병삼의 마음을 황폐하게 만들었다. 31년간 감옥살이로 채우지 못했던 삶의 공백을 조금이라도 보상받고 싶었던 권병삼의 삶이 뿌리째 흔들리는 것 같았다.

권병삼과 손명자의 관계가 급진전하기 시작한 것은 그때부터였다.

"권 선생님, 힘내세요. 제가 오늘 빨래해드리러 갈게 예."

권병삼은 예~, 로 끝나는 부산 사투리가 왠지 듣기 좋았다.

권병삼의 아파트를 찾았을 때 손명자의 손에는 갓 구워낸 빵이 봉투째 들려 있었다.

"아, 구수한 냄새가 참 좋습니다."

권병삼은 '이 여인의 마음씨가 참 예쁘구나.'라고 생각했다. 돌아가신 어머니가 그리워졌다. 권병삼의 어머니는 "아들의 벌을 내가 대신 받게 해달라."며 눈물로 호소하다가 양로원에서 눈도 감지 못한 채 세상을 떠나고 말았다. 어머니는 권병삼에게 그야말로 하나의 '종교'였다. 권병삼은 자신의 목걸이를 매만졌다. 목걸이 안에는 어머니의 유골 조각이 들어 있었다.

"식사는 하셨어예?"

심경이 가파른 권병삼은 내키지 않는 식사를 한 뒤 체기가 있는지 속이 영 더부룩했다. 거실을 왔다 갔다 해도 가라앉지 않고, 꺼이- 꺼이- 트림을 해봐도 소용없었다.

"선생님 소화가 잘 안 되는 모양이네예. 등을 좀 훑어 내려 주까예?"

아버지와 딸 사이 같은 스물여덟의 나이 차이. 손명자는 등을 두드리면서 권병삼의 몸이 젊은 사람 못지않게 단단하다는 것을 느꼈다. 권병삼의 등을 훑어내리는 그녀의 얼굴이 이상하게 달아올랐다. 권병삼은 체증이 내려가는지 몸이 조금 가벼워지면서 여자의 살가운 손이 몸에 닿으니 느낌이 야릇했다.

'내가 무슨 생각을 하는 거야.'

권병삼은 머리를 흔들었다.

어느 날 권병삼이 "매번 이렇게 저를 돌봐주시고, 미안해서 어떡하오."라고 말했다.

"정 그러시다면, 선생님. 저에게 일본어를 가르쳐주세요."

"허허, 소우데스까, 그까짓 거 당장 시작합시다."

손명자는 거침없고 남자다운 성격의 권병삼에게 점차 반하기 시작했다.

'남들은 다혈질이라며 선생님을 멀리하는 게 난 이해가 안 돼. 이렇게 남자다운 분을…. 애들 아빠는 날마다 술독에 빠져 뜨거운 운우지정도 모르고 밖으로만 나돌면서 나를 내던져놓고 있으니. 낚시 가게를 하면 뭣해, 마누라 낚시도 제대로 못하면서.'

권병삼을 만나는 횟수가 늘어날수록 손명자의 마음에는 남편에 대한 미움이 쌓여갔다.

날씨가 더워지던 6월.

권병삼의 집을 찾은 손명자의 손에는 항상 그렇듯 갓 구운 노릇한 빵이 들려 있었다.

"선생님 이 빵 한번 잡숴보세요."

빵을 떼어 내밀며 아-, 하고 입을 벌리는 손명자의 빨간 입술이 매혹적으로 느껴졌다. 손명자의 얇은 블라우스 안쪽의 젖무덤 사이로 목걸이가 보였다. 빵 냄새보다 더 향긋한 여인의 살 냄새가 훅 끼쳐왔다. 권병삼의 손길이 어머니 유골이 들어 있는 목걸이를 만지기라도 하듯 자연스럽게 손명자의 가슴을 더듬었다. 여인의 입에서 흐음, 하는 신음이 새어나왔다. 신음소리와 살짝 허리를 뒤트는 여인의 몸짓은 권병삼의 잃어버린 야성을 일깨우기에 충분했다. 살아 움직이는 먹잇감을 낚아채기 위한 수사자처럼 다소 거칠고 거침없는 권병삼의 행동이 손 여인은 좋았다. 강렬하고 짜릿한 전류가 두 사람의 온몸을 훑고 지나갔다.

그날부터 손명자의 일본어 수업은 옆길로 새기 일쑤였다. 끊임없이 갈증을 느끼는 손명자의 육체는 아직 젊었고 권병삼의 육신은 채우지 못한 세월의 갈증으로 가득 차 있었다. 둘의 갈증은 나이와 살아왔던 세월의 큰 차이 같은 것은 아랑곳없이 사랑이라는 이름으로 빈틈없이 포개졌다. 권병삼은 상대가 유부녀든 뭐든 사랑하면 같이 살아야 한다고 생각했다. 한 치의 죄의식도, 주저함도 없었다.

"나와 결혼해줄 수 있겠소."

권병삼이 두 번째로 청혼했을 때 손명자는 "당신을 사

랑해요."라며 생의 3분의 2 이상을 옥에서 살았던 이 남자의 영혼을 꼭 껴안아야겠다고 다짐했다. 그들의 일본어 수업은 이틀에 한 번꼴로 늘어났다. 범어사와 통도사 등 경치 좋은 곳으로 향하는 그들의 나들이가 늘어났다. 자연히 손명자의 귀가 시간이 늦어질 수밖에 없었다.

"어딜 그렇게 쏘다니는 거야? 설마 아버지뻘 되는 그 늙은이하고…."

손명자는 둔하게만 보이던 남편의 동물적인 육감에 적이 놀랐다. 무심한 남편일지라도 이미 다른 남자에게 가버린 아내의 마음을 모를 리 없었다. 남편은 "이제 그 늙은이 집에는 얼씬도 하지 마라."며 손명자에게 금족령을 내렸다. 그러나 금족령은 일시적으로 발을 묶을 수 있을지언정 마음까지는 묶지 못했다. 금족령이 통하지 않자 남편은 폭력을 동원했다.

"네가 다닌다는 일본어 수업이 그 영감탱이 만나는 거였어? 와, 이것 봐라. 환장하겠네. 이 가시나야, 니는 오늘 죽었다!"

권병삼은 격분했다. 다대포의 찬연한 일몰과 손명자 얼굴의 푸르죽죽한 멍을 번갈아 바라보다가 인근 모텔에 들어간 날, 권병삼은 손명자에게 "내 그 자식을 죽이겠다."라고 결연하게 말했다.

손명자가 외박을 하고 들어가자 그녀의 남편도 "씨발 영감탱이 오늘 죽었다."며 부엌으로 가 흉기를 찾아 들고 흥분했다.

야쿠자를 죽인 명불허전의 관록이 있던 권병삼은 막대기 끝에 회칼을 묶은 무기를 소지하고 손명자의 집에 들이닥쳤다. 그러고는 바로 여인의 남편을 제압했다. 일단 전세가 불리한 것을 눈치 챈 남편은 "잘못했습니다, 선생님"이라고 빌었다. 그러나 기회를 잡은 남편이 권병삼의 무기를 뺏고 화병으로 머리를 내리치면서 전세가 역전됐다. 엎치락뒤치락 여자를 둘러싼 '수컷들의 싸움'은 일진일퇴를 거듭하며 쉬 끝나지 않았다.

급기야 남편은 손명자를 감금했다. 이를 알게 된 권병삼은 또다시 그녀의 집에 들이닥쳐 그 남편에게 흉기를 휘두르고 집에 불까지 지르고 말았다.

기자들이 몰려든 가운데 경찰서 의자에 수갑을 차고 앉아 있는 권병삼의 몰골은 초췌했다. 퀭한 눈에 볼살이 쑥 들어가 광대뼈가 툭 하니 더욱 불거져 나와 보였다. 손명자의 남편과 격투를 벌이다가 다친 턱에는 반창고와 붕대가 덕지덕지 붙어 있었다. 마치 하얀 마스크를 한 채 침묵시위를 하고 있는 듯했다. 그의 얘기를 다룬 영화 제목인 <김의 전쟁>처럼 그가 치르는 전쟁은 끝없이 이어지고 있는 것이었다.

살인 미수 및 방화죄로 2년 6개월의 실형을 살 때 손명자는 거의 매일 권병삼을 찾아가 옥바라지를 했다. 권병삼은 감옥 벽을 온통 손 여인의 사진으로 도배하다시

피 했다. 둘이 주고받은 편지 또한 상당량이었다. 하지만 세상에 변하지 않는 건 모든 것은 변한다는 진리뿐이라는 걸 증명하듯 손명자 또한 그의 곁을 떠나갔다.

타국을 떠돌며 인격적인 차별에 분노하고 항거했던 신화적인 존재로 부각되었던 한 인물의 부실한 신화와 사랑은 그렇게 무너져 내렸다. 권병삼은 출소 뒤 7년을 더 살다가 82세의 나이로 지상에서 쉼 없이 치렀던 전쟁을 마감했다.

09
왜곡된 첫사랑의 비애

첫사랑을 가슴에 묻고 평생
그리워하던 시대를 벗어나 정보가
넘치는 시대에 사는 현대인들은
비밀이 없는 가난한 사람들이다.

"지영아, 너 그 소식 아니?"

"뭐, 무슨 소식?"

"종태 있잖아, 네 첫사랑?"

박지영(27세, 가명)은 종태라는 이름을 듣는 순간 가슴이 두근거리기 시작했다. 마음속 깊은 곳에 묻어둔 채 잊고 있었던 이름, 김종태(27세, 가명).

누구는 이혼을 했고, 누구는 바람이 났고 누구는 성형수술을 해서 못 알아보았다는 둥 동창들 소식을 이것저것 잘 수집해서 들려주는 현미로부터 첫사랑 김종태가 부산의 모 병원에서 근무하고 있다는 소식을 들은 순간부터는 다른 말은 아예 귀에 들어오지도 않았다. 어쩐지 며칠 전부터 중학교 동창모임인 '천방지축'에 나오고 싶어 몸이 들썩거리더라니. 박지영은 짝사랑으로 가슴을 애타게 했던 종태 소식을 듣자 뜻밖에 무슨 횡재라도 한 듯했다.

"마음이 싱숭생숭한데… 자기야, 우리 칵테일 한잔하러 나갈까?"

박지영은 좀체 가라앉지 않는 마음을 추스르기 위해

저녁 식사 후 꾸벅꾸벅 졸고 있는 남편에게 한마디 건 냈다.

"칵테일은 오밤중에 무슨 칵테일. 술 마시고 싶으면 냉장고에 있는 쏘주나 한 꼬푸 하든지."

심드렁하게 말하는 남편을 바라보던 박지영의 입에서 한숨이 절로 나왔다.

"어휴, 내가 말을 말아야지…."

나이 차이가 많이 나는 남편 이성찬(37세, 가명)과 결혼할 때는 그가 아버지처럼 다정하게 자신을 안아줄 것이라는 기대를 했지만, 딸 하나를 낳고 살아가면서 그런 소망은 물거품이었다는 것을 깨달았다.

무슨 일을 해도 재미가 없고 의욕이 없던 박지영은 첫사랑 김종태의 이야기를 듣고 나서부터 웬일인지 연애를 막 시작한 여자처럼 가슴이 콩닥거리고 마음이 들떴다.

"만나면 무슨 말부터 해야 되지, 잘 지냈니? 아니 아니야. 네 생각 가끔 했어 후후후. 그럼 종태는 뭐라고 할까? 나도 네 생각 많이 했어 그렇게 말하면 그냥 종태 가슴에 팍 안겨버려야지 호호호."

몇 날 며칠 고민하던 박지영은 드디어 김종태를 만나기로 결심했다.

"부산 언니 집에 좀 다녀올게."

설거지를 하던 박지영이 불쑥 던지는 말에 이성찬은

대꾸하지 않았다.

"내 말 안 들려? 나, 언니네 좀 다녀온다고!"

그제야 "알아서 해."라고 툭 한마디 던지는 남편을 박지영이 소 닭 보듯 쳐다봤다.

"네, 김종태입니다."

송수화기 저 멀리서 들려오는 아련한 첫사랑의 목소리. 박지영의 가슴이 두근두근 요동을 쳤다.

"저…, 나 모르겠니? 박지영."

자신의 이름을 밝히자마자 "혹시, 소보로빵 좋아하던 그 박지영?" 하는 김종태의 말을 들으며 박지영은 '종태 역시 나를 잊지 않고 있었어'라고 확신했다.

넘실거리는 하얀 파도, 청잣빛 하늘색과 조화를 이룬 흰 구름. 광안리 횟집에서 김종태를 기다리는 박지영의 마음도 둥실둥실 하늘의 구름을 따라 어디론가 마냥 흘러가고 있었다.

"지영아, 너 하나도 안 변했네. 아직 싸라 있네 하하하."

자신을 보자마자 스스럼없이 포옹하며 호탕하게 웃는 김종태를 보자 박지영은 열일곱 살 먹은 소녀가 된 듯 얼굴을 붉히며 수줍게 웃었다.

두 사람의 이런저런 추억에서부터 시작된 대화는 어느덧 최근의 근황까지 이야기하기에 이르렀다.

"난 직장에서 미운 털이야."

"아니 왜?"

"나 빼고 아무도 아침식사를 하는 사람이 없더라고. 결혼한 지 3개월 됐는데 마누라가 신혼여행 다녀온 날부터 한 번도 아침밥을 거르지 않고 챙겨준다니까. 습관 안 돼 있어 괜찮다고 해도 꼬박꼬박 챙기는데 하하하 나참 이거…. 이젠 아침식사 안 하는 사람 보면 이상하다니까. 마누라 잘 둔 덕에 내가 미운 털이다, 미운 털! 하하하."

"3개월 된 신혼부부가 마누라가 뭐야 마누라가?"

"너 마누라 뜻이 뭔 줄 알아? 이것도 내 마누라 지현이가 말해준 건데 말이야. 마주보고 누워라, 해서 마누라래. 뜻 좋지? 난 그래서 맨날 마누라, 마누라 한다, 하하하."

박지영은 자신을 야, 야, 하고 부르는 남편과 아내 자랑을 늘어놓는 첫사랑 김종태를 비교하며 슬슬 질투 섞인 화가 나기 시작했다.

"지영아, 너도 네 남편 이야기 좀 해봐. 설마 결혼을 안 한 건 아니지?"

말없이 창밖을 하염없이 쳐다보는 박지영을 향해 김종태가 말했다.

"결혼은 했었지…. 휴, 그런데 내 팔자가 드센 건지 남편이 교통사고로 일찍 저세상으로 가버렸어. 세상에 나 혼자 버려진 것 같고…. 여자 혼자 살기 힘든 세상이잖

아. 정말 힘들고 외로워."

고개 숙인 지영의 손을 김종태가 말없이 꼬옥 잡아주었다.

자신을 택시에 태워 보내고 사무실로 돌아가는 김종태의 뒷모습을 하염없이 바라보던 박지영은 언니 집을 코앞에 두고 택시에서 내렸다.

"언니, 어쩌지. 친구랑 차를 타고 가다 교통사고가 났는데 파출소에서 조사를 받아야 될 것 같아. 응, 다친 데는 없어 그렇지. 친구랑 있으니까 걱정하지 마. 응, 응 알았어."

박지영은 일단 언니에게 전화를 걸어 알리바이를 만든 후 모텔에 투숙했다.

"종태야, 여기로 좀 와줄 수 없니? 타지에 혼자 있으니 무섭기도 하고 좀 힘드네. 와서 술 한잔하고 가면 안 될까?"

사무실에서 박지영의 전화를 받은 김종태는 옛 친구의 처지가 측은하게 생각되어 위로주나 한잔 할 겸 그녀가 묵고 있는 모텔로 향했다.

주홍빛 조명만 켜진 모텔 방에 마주 앉은 박지영과 김종태는 한 잔 두 잔 술잔을 기울이며 몸이 달아오르기 시작했다. 급기야 몇 잔 술로 얼굴이 조명 빛처럼 변한 박지영이 "아후, 더워."라고 말하며 블라우스 단추를 풀기 시작하자 김종태는 다리 아래가 빳빳하게 굳어오

는 것 같았다. 박지영이 블라우스 단추를 채 풀기도 전
에 김종태는 그녀를 와락 덮쳤다. 박지영은 마치 기다
렸다는 듯이 김종태의 목을 끌어안으며 그의 입술을 급
하게 찾았다. 그들의 몸이 칡넝쿨처럼 얽혀 밤의 묘약
에 취해 있는 그 시각, 서울에 있는 박지영의 남편 이성
찬은 아내와 통화를 하기 위해 부산의 처형 집으로 전
화를 걸었다.

"네, 그게 무슨 말입니까, 교통사고가 나서 파출소에
서 조사를 받고 있어 집에 들어오지 못한다고요? 어느
파출소인지도 모르고요? 처형, 일단 알았으니 끊어요."

이성찬은 직감적으로 뭔가 불안하고 불길한 예감에
휩싸였다. 그는 처형이 살고 있는 관할 경찰서에 있는
모든 파출소에 일일이 전화를 걸었다. 그러나 파출소에
그녀가 있을 리 없었다. 이성찬은 끓어오르는 화를 참으
며 뜬눈으로 아내가 돌아오기만을 기다렸다.

언니에게 남편이 전화를 했었다는 말을 전해 들은 박
지영은 마음이 께름칙했지만 파출소에 일일이 확인한
사실은 모른 채 적당히 둘러대면 되겠지 하고 집으로 돌
아왔다.

"서로 시간 낭비하지 말자. 어젯밤 어디서 뭐 했는지
사실대로 말해."

의외로 단호한 남편의 태도에 박지영은 가슴이 뛰었
지만 태연한 척 말했다.

"교통사고가 나서 파출소에 있었다니까. 그렇게 정 의심 가면 확인해보든가."

"너 무슨 배짱으로 그렇게 나오는데, 안 그래도 다 확인해봤다. 이거 봐라."

박지영은 남편이 내민 종이를 보고 깜짝 놀랐다. 종이에는 시간대별로 전화한 파출소와 전화번호가 적혀 있었다. 그녀는 애써 태연한 척 이런저런 핑계를 댔지만 남편의 집요함을 벗어나기는 힘들었다. 결국 지친 그녀가 간밤의 불륜사실을 실토하고 말았다.

이성찬은 하늘이 무너지는 것 같았다. 시골에서 태어난 그는 어린나이에 가출해 서울에서 갖은 고생을 다하며 밑바닥 생활을 전전했다. 그러던 와중에 교도소를 몇 번 드나들기도 했지만 나이 차이가 많이 나는 아내를 만나 착실하게 살아보려고 노력하면서 어느 정도 기반이 잡혀가고 있다고 생각했는데 모든 것이 수포로 돌아가는 듯했다. 며칠을 고민하던 그는 힘써 지켜온 가정을 흔들어놓은 아내의 첫사랑을 그대로 둘 수 없다고 판단했다.

이성찬은 아내 박지영을 데리고 부산으로 향했다. 김종태를 만나기 전 이성찬은 자갈치시장에서 큰 가방, 철사 줄, 펜치, 식칼 등을 구입하고 아내와 모텔에 방을 잡았다.

박지영은 겁에 질려 남편이 시키는 대로 김종태에게

전화를 걸어 밤을 함께 보냈던 모텔로 다시 와줄 것을 청했다. 시간이 얼마 지나지 않아 김종태가 모텔 방문을 열고 들어섰다.

"이런 개새끼, 네가 뭔데 우리 가정을 파탄 내는 거야. 너 정말 죽고 싶어 환장을 했구나."

이성찬은 김종태의 목에 칼날을 들이대며 욕설을 퍼부었다. 칼날이 목에 바짝 붙어 있어 꼼짝할 수 없는 김종태를 이성찬은 철사로 손발을 묶고 입에 테이프를 붙였다. 그런 다음 사정없이 발로 짓이기고 주먹으로 얼굴과 복부를 가격했다.

"네 마누라도 내가 한번 붙어먹어 볼까 엉, 이런 개새끼야. 오늘로 이 세상 하직하는 줄 알아라, 이런 썅 후레자식아."

이들을 방 한구석에서 지켜보는 박지영은 오들오들 떨고 있을 뿐이었다.

모든 것을 자백받은 이성찬은 아내가 다시는 가정의 울타리를 넘지 못하도록 원인 제거를 해야겠다고 생각하고 김종태를 차량에 태워 인근 저수지로 향했다.

"아, 제발, 제발 한 번만 살려주십시오. 다시는 이런 일이 없을 겁니다. 결혼한 지 이제 겨우 3개월밖에 안 됐습니다. 아내가 지금 임신 중입니다. 제발 살려주십시오."

눈물까지 흘리며 싹싹 비는 김종태를 보며 갈등하던 이성찬은 오랜 생각 끝에 한 가지 묘안을 생각해냈다.

"살려줄 테니 내 마누라와 마누라가 알 만한 주변 사람들에게는 네가 죽은 걸로 하자. 그렇게 하면 살려주지."

"네, 네, 알겠습니다. 그렇게 하겠습니다. 고맙습니다, 형님. 흑흑흑."

그들은 이성찬이 가지고 간 큰 가방에 돌을 넣은 다음 칼을 찌르는 시늉을 하고 비명을 지른 후에 저수지에 가방을 던지는 것으로 각본을 짜고 실행에 옮겼다.

차에서 기다리던 아내에게 돌아온 이성찬은 아내인 박지영에게 말했다.

"이제 그놈은 죽었다. 너도 공범이니 이제 딴생각 하지 말고 자식을 위해 열심히 살자."

말없는 아내에게 협박 반 애원 반을 하면서 이성찬은 서울로 향했다.

서울로 돌아온 이성찬은 나름대로 가정생활에 최선을 다하며 하루하루를 성실하게 살았다. 그러던 어느 날 집에 돌아와 보니 아내와 아이가 보이지 않았다. 틀림없이 부산의 김종태에게 갔으리라. 이제는 정말 김종태와 같은 하늘 아래에서 살아가지 못한다고 마음을 다잡으면서 즉시 부산의 김종태에게 전화를 걸었는데 돌아오는 대답은 모른다는 말뿐이었다.

이성찬은 이번에야말로 김종태를 정말 죽여야겠다고 결심하고 부산행 열차에 몸을 실었다.

하마터면 저승사자를 만날 뻔한 김종태는 하루하루를 불안에 떨면서 지내다 이성찬의 전화를 받고 결국 경찰을 찾았다. 신고를 받은 김 반장은 피해자와 밀착수사를 진행하면서 그를 부산역에서 긴급 체포했다.

그가 그토록 찾고자 했던 아내는 아이를 데리고 강원도로 정처 없이 길을 떠났다. 박지영은 남편이 첫사랑을 죽이지는 않았을 것이라는 믿음은 있었지만 그를 칼로 위협하고 철사로 결박하던 모습, 짐승처럼 폭행하던 장면과 저수지로 끌고 가던 때의 일을 생각하며 마음이 복잡해 당분간 집을 떠나 있기로 한 것이다.

모든 사실을 알고 난 이성찬과 박지영 부부는 뒤늦게 후회의 눈물을 흘렸다.

첫사랑을 가슴에 묻고 평생 그리워하던 시대를 벗어나 정보가 넘치는 시대에 사는 현대인들은 비밀이 없는 가난한 사람들이다.

"그리워하는데도 한 번 만나고는 못 만나게 되기도 하고, 일생을 못 잊으면서도 아니 만나고 살기도 한다. 아사코와 나는 세 번 만났다. 세 번째는 아니 만났어야 좋았을 것이다."

김 반장의 뇌리에 불현듯 피천득의 수필 『인연』의 한 구절이 스쳐 지나갔다.

10
다섯 시간의 헛된 꿈

손쉽게 돈을 벌려던 20대
유괴범들의 꿈은 단 다섯 시간 만에
이렇게 깨어지고 말았다. 아이를
유괴당한 부모의 신속한 신고와
경찰의 발 빠른 수사로 공포에 떨던
어린 학생은 무사히 구출됐다.

"아, 진짜 당장 죽더라도 돈벼락 한번 맞아봤으면 좋겠네."

소주를 한입에 털어 넣던 김호진(24세, 무직, 가명)이 한숨을 쉬며 넋두리를 시작했다.

"마찬가지예요, 형 돈벼락 맞게 되거들랑 나도 같이 맞읍시다."

호진의 말을 듣고 있던 강일수(21세, 무직, 가명)가 맞장구를 쳤다. 김호진은 어머니가 가게를 운영하다 부도를 내는 바람에 집과 가게 등이 압류된 상태인 데다 자신의 승용차 할부금을 갚지 못해 납부 독촉을 받고 있었다. 강일수 역시 무직으로 지내다 보니 용돈도 없고 어머니가 골다공증을 앓고 있는데 치료비가 없어 병원조차 못 가고 있는 형편이었다. 그들의 말을 말없이 듣고 있던 최창우(27세, 무직, 가명)가 의자를 앞으로 바짝 당겨 앉으며 손짓으로 모이라는 시늉을 했다.

"니들 진짜 돈 좀 벌어볼래? 큰 거 한탕만 하자."

최창우 역시 자신의 돈과 고모에게 빌린 돈을 합쳐 서면에 건물 한 채를 산 후 전세를 주려고 내놓은 상태였는데 세가 나가질 않아 고모로부터 매월 180만 원씩 지불하기로 한 이자와 원금을 돌려달라는 독촉을 받고 있던 차였다.

최창우의 말에 호진과 일수의 눈이 휘둥그레지며 무슨 일인지 궁금해 죽겠다는 표정이었다. 잠시 서로 얼굴을 마주 보며 눈을 껌뻑거리던 그들은 최창우의 다음 말을 기다렸다.

"야야야 모여봐. 지금부터 내 이야기 잘 들어."

최창우는 자신의 범행 계획을 조그만 소리로 둘에게 속삭였다.

"너희들 내가 전에 문형진 사장 운전기사 했던 거 알지?"

"에이 형님, 혹시 그 집 털자는 건 아니겠죠. 전 빠지겠습니다."

강일수가 의자를 뒤로 빼며 흥미 없다는 듯 손사래를 쳤다.

"짜식 쪼잔하긴. 그런 거라면 니들하고 이런 이야기 하지도 않지. 잘 들어봐. 그 사람 친구 중에 김정식이라는 사람이 있는데 돈이 엄청 많아. 나도 몇 번 봤는데 씀씀이가 진짜 장난이 아니게 큰 사람이야. 글쎄 밥집 한 번 안내해줬다고 팁으로 십만 원을 주더라니까."

"헉, 십만 원요? 맛있는 밥집 어디다 하고 말 한 번 해줬는데 그렇게 많은 돈을 줬다는 거예요?"

"음… 말만 해준 건 아니고 내가 차로 안내를 해줬지. 어쨌든 그 사람 딸을 납치하자는 거야. 귀한 딸이 납치돼서 죽을지 살지 모르는데 그깟 돈 몇 푼이 문제겠냐. 돈 많은 놈들에게 우리가 요구하는 돈, 껌값이야 껌값. 그래서 성공할 수밖에 없는 게임이라니까. 어때?"

주위를 휘둘러본 김호진이 강일수와 눈빛을 잠시 교환하더니 최창우에게 물었다.

"애는 몇 살인데요?"

김호진처럼 구미가 당기기는 강일수 역시 마찬가지였다. 이번 일이 성공만 하고 나면 물 좋은 클럽에 가서 늘씬하고 섹시한 여자들을 만나 밤새 놀 수 있을 테고 어머니에게도 당당하게 일천만 원은 줄 수 있겠다 싶은 생각이 들자 당장 돈이 수중에 들어온 듯 마음이 들뜨기까지 했다.

"초등학교 3학년이고 내가 얼굴도 알고 학교도 알고 있어."

셋은 잠시 눈빛을 주고받더니 이내 고개를 숙이고 범행 작전을 세웠다. 범행 날짜, 각자 분담할 일과 준비물, 얼마를 요구할 것인가 심지어 범행을 성공하고 난 후 나누게 될 돈의 액수까지 정했다.

"난 오천만 원이 있어야 되는데."

자동차 할부금을 내지 못하고 있는 김호진이 말했다.

"음… 당장 이자와 빚을 청산하려면 나는 사천만 원."

최창우의 말에 "전 삼천만 원이요."라고 강일수가 말했다.

집에 부도가 나 자동차 할부금까지 밀린 김호진은 당장 오천만 원이 필요하다고 했고 고모에게 빌린 돈으로 건물을 구입한 최창우는 사천만 원, 강일수은 용돈과 어머니 병원비로 삼천만 원이 필요하다고 했다. 그래서 아이를 납치한 후 김정식을 협박하여 일억 이천만 원을 뜯어내기로 했다. 어이없는 범행 모의였다. 범행에 대한 모든 계획을 세우고 각자의 역할까지 정하고 난 그들은 마치 큰 사업을 성공시킨 듯한 착각에 빠져 기분 좋게 술잔을 부딪쳐가며 밤새도록 술을 마셨다.

며칠간 그들은 김정식의 집과 범행을 실행할 장소를 사전 답사했다. 만전을 기해야 하기 때문에 다섯 차례에 걸친 답사를 끝냈다. 그 정도면 완벽하게 일을 성사시킬 수 있을 것 같았다.

이틀 후 그들은 김정식의 집 근처에서 그의 딸 김정연(여, 8세, 가명)을 기다리고 있었다. 등교하는 길에 납치를 하려는 계획이었다. 최창우는 차를 운전하고 김호진은 뒷좌석에 앉아 밖의 동태를 파악하고 있었다. 그들이 탄 차와 그리 멀지 않은 곳에서 강일수는 정연이가 나타나기를 기다리고 있었다. 드디어 등교를 위해 김정식의 딸 정연이가 밖으로 나왔다. 머리에 토끼 방울을 묶은 정연이가 팔랑거리며 걸어가자 강일수가 다가가 어깨를 쳤다.

"너 김정연 맞지? 아저씨는 아빠 회사 사람인데 널 잠시 데리고 오라고 하셨어."

"어, 아빠는 조금 전에 출근하셨는데…"

"그렇지, 출근하는 길에 너한테 줄 선물을 깜빡 잊고 오셨다면서 저 가게 앞에서 기다리고 계셔."

선물이요? 하면서 정연이는 까치발로 자신의 아빠가 어디 있는지 둘러보았다.

"글쎄 가보면 안다니까, 자 가자."

강일수는 차가 있는 쪽을 향해 주춤거리는 정연이의 손을 잡고 급히 걸었다. 멀리서 강일수의 동태를 살피고 있던 최창우는 차를 그들 가까이 접근시켰다. 차가 보이자 강일수는 김정연을 달랑 안고 차에 강제로 태웠다. 뭔가 이상한 낌새를 알아차린 정연이가 발을 동동 구르며 소리를 지르기 시작했다. 놀란 최창우가 차를 급히 출발시키자 강일수는 입고 있던 외투를 벗어 김정연에게 뒤집어씌운 후 머리를 눌렀다. 사람들의 발길이 뜸한 곳에 이른 그들은 미리 준비한 유리테이프로 김정연의 손과 발을 묶고 입을 봉했다. 그런 다음 스카프로 눈까지 가리고 이불을 덮어씌워 트렁크로 옮겼다. 이제 돈을 요구하고 그 돈만 챙기면 만사가 이루어진다고 그들은 믿었다. 제일 먼저 최창우가 돈을 준비하라는 전화를 하기로 했다.

"여보세요, 김정식 씨? 당신의 귀여운 따님을 저희가 잘 모시고 있습니다."

"여보세요, 뭐라고요? 우리 애를 왜 당신이 데리고 있습니까? 누구요, 당신?"

"그건 아실 거 없고, 확인해보시지요. 다시 전화 드리겠습니다."

"여보세요, 여보세요?"

김정식은 이미 통화가 끊긴 전화기를 붙들고 한동안 멍하니 있었다. 온몸이 떨리면서 상황 파악이 제대로 되지 않았다. 자신의 목소리를 감추기 위해 일부러 낮은 톤으로 전화를 건 괴한. 장난전화인가도 싶었다.

우선 딸아이의 안전을 확인해야 했다. 즉시 아이의 학교에 전화를 걸어 소재를 파악했는데 딸은 등교하지 않았단다. 김정식은 갑자기 눈앞이 깜깜하고 눈자위가 파르르 떨렸지만 애써 정신을 가다듬었다. 즉시 경찰에 근무하는 자신의 동서에게 딸의 유괴 사실을 알리고 도움을 요청했다. 30분 후 김 반장이 근무하는 경찰서에서는 유괴사건에 따른 긴급 수사 회의가 소집되었다. 초등학생 유괴사건으로 무엇보다 피해자의 안전이 우선이었다. 사건 수사를 비공개로 진행하면서 협박전화에 대한 발신지 파악을 위해 피해자의 가족들이 범인과의 통화 시 시간을 길게 끌도록 유도하면서 범인들을 자극하지 않도록 그 분야의 전문가인 김 반장 팀을 피해자 집에 배치하는 등 긴박한 조치들이 이루어지고 있었다.

　다시 전화가 걸려온 건 처음 협박전화 후 세 시간 만이었는데 처음 전화한 괴한의 목소리가 아니었다. 그 역시 처음 전화를 했던 괴한처럼 자신의 목소리를 감추기 위해 최대한 낮은 톤으로 말을 했다.

　"따님은 잘 있으니 걱정 마십시오. 일억 이천만 원을 만 원권으로 준비하십시오."

　김정식이 받고 있던 송수화기를 그의 아내가 빼앗아 들며 울부짖었다.

　"여보세요, 여보세요. 제발 우리 딸 정연이 목소리 한 번만 들려주세요. 잘 있는지 확인만 할게요, 네 제발 흑흑흑."

　"잘 있으니 걱정 마시고 돈 준비하십시오. 그러면 곧 만나실 수 있습니다. 경찰에 연락하면 귀여운 정연이가 어떻게 되는지 알고 계시겠지요? 그런 불상사는 안 생기길 바랍니다."

　지극히 사무적인 목소리의 괴한은 곧 전화를 끊어버렸다. 불과 20초 남짓 오간 통화였다. 그 시간 김 반장은 즉시 발신지를 추적하면서 피해자의 인상착의를 부산지방청 산하 각 경찰서에 하달하고 검문검색을 강화하도록 하였다. 또한 공중전화 부스를 중심으로 사복형사들을 배치하고 범인들이 요구한 현금 일억 이천만 원을 가짜 돈으로 준비하는 등 긴박한 조치를 취하면서 각 언론사에는 보도 자제를 요청했다.

그런 사정도 모른 채 범인들은 또다시 김정식의 집에 전화를 걸어 돈을 준비했는지 확인 전화를 했다.

"네, 돈은 벌써 다 준비해놨습니다. 어디에서 만날까요? 어디로 나가면 됩니까?"

다급한 김정식의 물음에 유괴범은 애써 여유 있는 척하며 "알겠습니다, 만날 장소 정해 다시 전화하겠습니다. 경찰에 연락한 건 아니겠지요?"라고 재차 신고 여부를 확인하자 김정식은 김 반장과 눈을 마주치면서 최대한 시간을 이어가고 있었다.

범인들이 전화한 장소가 확인되었다. 연산동 주택가 골목길 공중전화 부스였다. 즉시 현장 부근에 배치된 잠복조가 출동하였으나 범인은 사리진 후였다. 연제구 일대를 검문검색으로 포위망을 압축하면서 김정연 발견을 위한 초조한 시간이 흘러가고 있었다.

범인들로부터 네 번째 전화가 걸려왔다. 장소를 바꿔가면서 전화를 하는 듯했다. 역시 짧은 통화였다. 돈은 확실하게 준비 됐느냐, 곧 만날 장소를 말해주겠다, 라고만 말하고 끊어버렸다.

그 시각 협박전화 발신지 근처에서 잠복 중이던 김 반장의 팀원들은 공중전화를 건 후 주위를 서성거리는 젊은 두 사람이 어느 순간 시야에서 사라지는 것을 보았다. 황급히 그들을 찾아 뒤를 따라가자 한참동안 주위를 두리번거리더니 맞은편 '삼삼칠 게임장'으로 들어가는 것이었다. 김 반장 팀원들은 수사본부에 주변상황을 보고하고 네 번째 협박 전화 발신지를 확인해줄 것을 요청했다. 그런 후 수상한 그들을 검문하기 위해 게임장 안으로 들어갔다. 자욱한 담배 연기와 게임기의 소음으로 실내는 혼탁하기 이를 데 없었다. 마침내 윤 형사와 황 형사는 그들을 발견하고 검문했다.

"댁이 이곳에서 아주 먼데 무슨 일로 이곳에 오셨습니까?"

신분증을 확인한 황 형사가 최창우에게 물었다. 최창우가 황 형사를 밀치며 "왜 이러십니까, 남이야 서울에서 왔든 대전에서 왔든 무슨 상관입니까? 경찰이면 다야, 진짜 왜 이러십니까 이거."라며 거칠게 항의하자 옆에 있던 강일수가 형님 "가십시오, 호진 형님 기다리는데 약속 시간 늦겠습니다."라고 말하며 밖으로 나갈 기세였다.

"의심스러운데 수색해봐."

윤 형사가 그들을 막아서며 구석자리로 밀어 넣었다. 그 시간 수사본부에서는 네 번째 협박전화의 발신지가 윤형사가 보고한 장소로 확인이 됐다. 즉시 주변에 배치된 사복 근무자들을 현장으로 지원했다. 황 형사가 최창우의 몸을 수색하자 그의 바지 주머니에서 조그만 메모지가 나왔다. 메모지에는 "김정식 씨 당신의 귀여운 따님을 저희가 잘 모시고 있습니다." 등 협박 전화 내용이 적혀 있었다. 눈앞에 섬광이 지나갔다. 때맞추어 지원팀이 합류했다. 현장에서 둘은 즉시 체포되었다. 이제는 피해자인 김정연의 안전이 급선무였다.

"아이는 안전하게 있는 거야 엉? 다른 공범은 어디 있어, 빨리 말해!"

윤 형사가 다그치자 고개를 숙이고 있던 강일수가 정연이는 공범인 김호진이 데리고 있는데 인근 아파트 주차장이라고 실토했다.

공범의 소재를 파악한 형사들이 즉시 아파트 주차장으로 조심스럽게 접근했다. 시동을 켠 채 운전자가 앉아 있는 차 한 대가 보였다. 신속하게 차에 접근하자 차안의 운전자가 눈치를 채고 차를 거칠게 운전하기 시작했다.

경찰들이 들이닥친 걸 눈치 챈 것이다. 이 차다! 김호진의 차임을 직감한 김 반장 팀은 삼단봉으로 운전석 앞 유리창을 내리쳤다. 우당탕 찌지직, 소리에 놀란 김호진은 운전석에 머리를 숙였다. 형사들은 재빨리 김호진을 제압하고 아이의 소재를 확인했다.

트렁크에 갇혀 웅크린 자세로 어둠 속에서 무서움에 떨던 정연이는 경찰들을 보자 몸을 사리더니 이내 긴긴 울음을 터트렸다.

손쉽게 돈을 벌려던 20대 유괴범들의 꿈은 단 다섯 시간 만에 이렇게 깨지고 말았다. 아이를 유괴당한 부모의 신속한 신고와 경찰의 발 빠른 수사로 공포에 떨던 어린 학생은 무사히 구출됐다. 하지만 어른에 대한 불신, 사회에 대한 공포는 오랫동안 정연이를 따라다닐 것이다. 유괴범들은 한순간 잘못된 판단을 하여 자신의 인생에 커다란 오점을 남겼을 뿐 아니라 어린 소녀의 마음에도 평생 지워지지 않을 상처를 남기고 말았다.

11
그들은 참치 맛을
정말 알았을까?

부산 감천항 인근의 한적한 길.
원양어선이 잡아온 참치를 싣고 가던
11톤 냉동 트럭이 멈춰 섰다.
그 길에는 빈 적재함의 다른 냉동
트럭이 미리 대기하고 있다.

경찰의 체증 화면에 포착된 장면은 놀라웠다.

부산 감천항 인근의 한적한 길. 원양어선이 잡아온 참치를 싣고 가던 11톤 냉동 트럭이 멈춰 섰다. 그 길에는 빈 적재함의 다른 냉동 트럭이 미리 대기하고 있다. 연장을 든 남자 둘이 참치를 실은 냉동 트럭 적재함의 잠금장치 너트를 푼다. 봉인에 손도 대지 않고 적재함을 열어 제치는 것이다. 뛰는 놈 위에 나는 놈 있다고 허를 찌르는 수법이다. 남자 하나가 손으로 신호를 하자 참치를 실은 냉동 트럭이 서서히 뒷걸음질 쳐 미리 서 있던 냉동 트럭과 거의 맞닿기 직전에 멈춰 선다. 양쪽 냉동 트럭이 적재함의 문을 열고 다시 접근, 드디어 짝짓기 자세다. 고급 냉동 참치 2~3톤이 불과 5분 만에 차를 바꿔 탄다. 다시 너트를 채운 봉인 냉동 트럭은 아무 일 없다는 듯 당초 목적지인 냉동 창고로 향하고, 참치를 빼돌린 다른 냉동 트럭은 반대 방향으로 유유히 떠난다.

사건의 시작은 몇 년 전으로 거슬러 올라간다.

"형님, 이 오도로(참치 뱃살) 한 번 묵어보소. 야, 녹는다, 녹아. 혀 위에서 향기만 남기고 살점의 흔적은 간 데가 없네. 햐 기가 차다. 역시 오도로가 다르네.”

“동생은 역시 미식가야. 마, 표현까지 죽여주네, 안주가 따로 없네, 말이 안주다.”

“형님 저하고 원양어선이 잡아오는 참치 장사 한번 안 해볼랍니까?”

“그 참, 자네는 주로 오징어 명태 고등어를 취급하잖아. 요즘 어렵다 하면서 벌써 사업을 확장하는가?”

김동수(가명)는 오랜만에 술 한잔하자고 해서 함께 참치 횟집에 앉은 네 살 아래 후배 장민수(가명)가 오도로 타령을 하다가 갑자기 뜬금없는 소리를 해서 어리둥절하다. 유순하게 보이는 김동수는 현재 수산물 계량증명 업체 대표이고, 강단 있어 보이는 후배 장민수는 얼마 전에 수산업체를 시작했다.

“요즘 경기도 안 좋고…. 형님도 마찬가지지요? 막내 딸내미 시집갈 때가 넘었지요?”

막내딸 얘기를 하자 김동수는 “그놈의 계집애” 하면서 머리를 움켜쥔다. 몇 년 전 내키지 않는 도둑 같은 놈하고 대전으로 야반도주하듯 가서 살림을 차렸는데 잘 살면 그만일 것을, 무슨 일이 터졌는지 제 어미한테 돈을 좀 해달라는 부탁을 해 온 게 두어 달 전이다.

“여보, 순미가 그래도 살아보려고 저리 노력하는데… 돈이 좀 필요하대요. 어떻게 좀 해봐요.”

“무슨 소리야! 이 여편네가 딸년 하나 제대로 키우지

도 못해놓고, 돈은 무슨 돈이야?"

오늘 아침 김동수는 집에서 마누라에게 한소리를 하고 나온 터였다. 술잔을 입에 갖다 대는 후배 장민수는 주변을 살피며 김동수에게 속삭인다.

"형님, 얘기 한번 들어보이소. 형님 계량증명업소에 참치를 가득 실은 냉동차가 들어온다 아입니꺼. 그 눈금을 약간 잡아버리면 된다니까요. 많이도 아니고…, 표도 안 난다니까요."

이게 무슨 소린가. 눈금을 속이다니?

"이 사람아! 쓸데없는 소리 말고 술이나 먹어."

"형님 잘 한번 생각해보이소. 이 일에는 형님이 절대적으로 필요합니다. 내 수고비는 두둑이 쳐드리리다."

김동수는 '표도 안 난다니까요'라는 장민수의 말이 의표를 찌른다고 속으로 느낀다. 사실 계량 눈금은 마음만 먹으면 조작이 가능하고, 회사의 계량 시스템에 대한 정기 검사도 2년에 한 번꼴로 시늉만 하면 된다. '이 동생이 어떻게 이런 내막까지 알고 있지?' 김동수는 적이 놀랄 수밖에 없었다.

두어 달 뒤 부산 광복동의 한 지하 룸살롱.

장민수가 사내 둘과 아가씨 하나씩을 끼고 거나한 술판을 벌이고 있다. 험상궂게 생긴 하나는 장민수의 네 살 아래 고향 동생인 장갑돌이고, 한창 젊게 보이는 다른 하나는 장민수도 잘 아는 오갑돌의 후배 유봉갑이다.

장민수가 분위기를 돋운다고 폭탄주를 돌리고 참치 회의 각 부위 맛을 들먹이며 아가씨를 한번 얼러본다.

"야, 니는 야들야들하니 참치 가마살 같은 맛이 난다."

"뱃살도 아니고 가마살요? 호호. 그게 뭔 살이에요?"

"참치 뱃살보다 더 적게 나오면서 더 맛있는 부위가 있어. 기름이 잘잘 흐르는 가마살은 고소한 맛이 죽여주지."

"호호, 오빠 그럼 칭찬이네요. 제가 '긴자쿠'라는 말은 들어봤는데, 그것보다 더 좋은 말인가 봐요? 호호."

"니는 참 말도 참치 눈알주(酒)처럼 혀에 착착 감겨 들러붙네, 하하하. 기분도 오르고 하니, 어디 한 잔 더 말아봐라."

폭탄주 한 잔씩을 더 돌린 장민수는 아가씨들을 내보내고 두 사내와 머리를 맞대면서 밀담을 주고받는다.

"그래 내가 전에 얘기했던 거 한번 하자. 너거들 도움이 없으면 안 된다. 냉동 트럭에 원양 참치를 가득 싣고 있는 기라. 중간에 그중 일부를 다른 냉동 트럭으로 옮겨 실으면 된다 안 카나. 봉인이 있는데 그건 문제도 안 된다. 너트 하나만 풀면 되거든."

두 사내는 "예 저희들은 형님이 시키는 대로 하겠습니다."라고 일제히 대답한다. 고향 동생 장갑돌이 "일 없이 놀고 있는 저희들은 형님이 일을 주시는 것만도 감지덕지입니다."라고 말한다.

"그래 됐다. 속 시원해서 좋네. 동생들 힘으로 우리 참치 장사 멋지게 한번 해보자. 자, 이번에는 우리 사업을 위해 내가 한잔 더 말지."

"건배"를 외치며 폭탄주 한 잔을 쭉 들이마신 장민수의 촉촉한 입가로는 능글능글한 회심의 미소가 쓰윽 지나간다. 계량증명업소를 운영하는 김동수도 "참치 냉동차 눈금을 조작하자"는 제의를 처음에는 화들짝 놀라는 듯 거절하다가 몇 번 술자리를 가진 끝에 마침내 "한 번 해보자"고 마음을 돌렸다. '여보, 순미가 그래도 살아보겠다는데….'라는 마누라의 넋두리가 떠오르는 김동수의 머릿속은 복잡했지만 김동수의 손을 붙잡고 "형님, 고맙습니다."라고 깍듯하게 인사하는 장민수의 얼굴은 밝았다.

'참치 사업'을 구상한 장민수는 '별'이 여섯 개다. 불우한 어린 시절에 시원하게 질주하고픈 충동을 못 이겨 남의 오토바이에 손을 댔다가 붙잡힌 게 시작이었다. 비상한 그의 손재주 앞에 오토바이 잠금 장치는 문제가 아니었다. 밤중에도 남의 집 문을 식은 죽 먹기처럼 열고 들어갔다. 교도소를 나올 때는 다시 이 문을 들어서게 되면 손가락을 잘라버리겠다는 심정으로 출소해서 밑바닥 삶부터 착실히 살아보겠다고 다짐했다. 우선 '해발 0미터'에서 새 생활을 시작하겠다며 강원도로 가서 오징어잡이 배를 탔는데 밤바다를 환한 대낮처럼 밝히던 집

어등은 황홀했다. 처음 오토바이를 훔쳐 질주하던 날, 그의 머릿속에 차오르던 아찔한 백일몽의 환각처럼 집 어등은 몽환적으로 밝았다. 비가 내리는 밤이면 집어등 에 반사된 빗줄기가 은빛 줄기처럼 쏟아져 밤바다 위에 흰 나팔꽃처럼 피었다가 졌다. 나팔꽃이 피었다 진 그 자리에서 오징어가 나팔꽃 모양처럼 다리를 꿈틀거리 며 잡혀 올라왔다. 세상의 뭔가를 잡고 싶은 욕망이 그 의 마음속에서 똑같이 꿈틀거리는 것 같았다.

오징어잡이 배에서 내린 뒤 수산업 쪽 일을 계속해오 던 장민수는 냉동 트럭에 물건을 싣고 김동수 사장의 계 량증명업소를 들락거리다가 원양선사들의 냉동 참치가 들어온다는 사실을 알게 됐다. 원양어선에서 하역을 한 참치를 냉동 창고로 보내기 전에 계량증명업소에 들러 무게를 다는 것이었다. 그날, 장민수는 보았다. 그것은 냉동차 적재함 뒤쪽 잠금장치에 달린 알루미늄 띠 봉인 (封印)이었다. 그가 어릴 때부터 문제없이 숱하게 풀었 던 잠금장치이자 봉인이었다.

장민수는 김동수에게 물었다.

"형님 저게 뭐죠?"

"아, 저 봉인 말인가? 중간에 누가 함부로 냉동차 적재 함을 열지 못하도록 하기 위한 장치야. 일련번호 6개가 찍혀 있는데 참치를 냉동 창고에 입고할 때 비로소 제거 하는 거지."

"내 참! 바보 같은 봉인이에요. 잠금장치 너트를 풀어 버리면 봉인은 손대지도 않고 문을 열 수 있는데 우짤라꼬요? 안 그래요?"

장민수의 말에 김동수는 눈이 휘둥그레졌다.

"큰일 날 소리! 그래서 우리가 무게를 정확하게 달잖아. 제 아무리 너트를 풀어 적재함을 연다고 하더라도 무게는 한번 측량하면 축낼 수도, 속일 수도 없거든."

"허허, 그래도…. 아, 그래요, 그렇군요."

장민수의 말에 묘하고 진한 여운이 감돌았다. 그날부터 장민수의 '참치 사업' 구상은 시작됐다.

장민수는 원양어선들이 잡아오는 참치 물량에 대해 이리저리 알아본다고 바빠졌다. 여러 원양선사들이 있는 이곳 감천항에서 한 달에 평균 15일 정도는 원양 참치 하역 작업을 하고 있었다. 하루 하역 양은 300~500톤으로 엄청났다.

'거기서 3~5톤만 빼먹는다면 표도 안 날 것이고, 그 정도면 1억~2억 원 수입은 거뜬히 되는군. 한 달이면 15~30억 원 수입!' 이건 대단한 발견이었다. 장민수는 자신의 욕망이 어릴 적처럼 오토바이를 타고 무한 질주하는 것을 느꼈다.

장민수의 머릿속에 그림이 그려졌다. '계량 눈금을 속이고, 냉동차 적재함을 여는 일을 할 사람은 있을 것 같고…. 음, 운수업체를 하나 잡아야 되겠구만, 누가 적당

하지?'

어느 날 장민수의 머릿속에 불이 번쩍하고 켜졌다. '그래 냉동운수업체 대표를 하는 이석명이 있지.' 이석명은 장민수보다 열 살 아래이지만 비상한 머리 탓(?)에 사기 등으로 벌써 '별'을 네 개나 달고 있는 친구다. 둘은 교도소에서 만났는데 언제 사업 한번 크게 같이하자고 언약한 사이였다.

장민수는 어느 날 점심때 이석명을 찾아갔다.

"어이 석명이, 요즘 사업 잘 되나?"

"아이고 형님 오랜만입니다."

근처 복국 집에 앉아 소주 한잔을 주고받으며 장민수는 단도직입적으로 내달았다.

"내가 원양 참치 판매 사업을 좀 할라꼬 하네. 도와줄 수 있겠나? 자네 회사에서 참치 하역 작업을 하잖아? 감천항의 참치 하루 하역 양이 수백 톤으로 대단하더군. 거기서 몇 톤 빼먹어도 표도 안 날 거야? 안 그래?"

"헤헤, 그렇긴 하지만 무슨 말씀이에요?"

"내가 보니까 냉동차 봉인이라는 게 아무런 쓸모가 없어. 나사 하나만 풀면 간단해. 계량증명업체를 운영하는 아는 형님이 있거든. 눈금을 조금 적게 잡은 계량증명서를 발급하고 중간에 적재함을 열어 참치를 빼돌리는 거야. 자네는 감천항에 배가 들어오면 어떤 어종이 얼마나 들어오는지 알려주고 중간 운송 과정도 맡아."

이석명은 금세 말을 알아들었다. 그도 어쩌지 못했을 뿐, 참치에 충분히 군침을 흘리고 있었던 것이다.

장민수는 역시 총책다웠다. 아주 주도면밀했다. 참치 빼돌리는 일을 대포폰을 이용해 점조직으로 철저하게 관리했다. 그는 모든 일을 현금 박치기로 처리했다. 계량 지휘책 김동수, 현장 지휘책 오갑돌과 유봉갑, 운반 지휘책 이석명에게는 한 차례 사오백만 원씩의 돈을 쥐어주었다. 이석명의 냉동운수업체 현장 운전기사들에게는 일이백만 원씩의 돈다발을 안겨줘 입막음을 했다. '이런 게 돈 버는 재미고 돈 쓰는 맛이야.' 돈 맛이 참치 오도로 맛보다 좋았다. 작업이 있는 날, 그의 에쿠스 승용차 운전석 아래엔 항상 백만 원 뭉치로 이천만 원 정도의 현금 다발이 들어 있었다.

광복동의 한 룸살롱. 일주일 전처럼 오늘도 단합대회 날이다. 장민수를 필두로 예닐곱 명이 수백만 원대의 술판을 벌이고 있다. 흥청망청 노는 '참치 사업 조직원'들을 보면서 장민수는 오직 현금만이 진리라고 생각한다. '지난 몇 년간 수백 번에 걸쳐 참치 차량치기를 했는데 무사한 걸 보면 역시 돈 힘이 세긴 세.' 장민수는 회심의 미소를 짓는다.

그러나 장민수가 모르는 사실이 있었다. 이 세상에 영원한 비밀은 있을 수 없다는 단순한 사실이다. 익명의 제보가 김 반장에게 흘러 들어갔고, 마침내 기업형 참치

전문 절도단은 일망타진됐다. 김 반장 팀이 현장을 덮쳤을 때 냉동 트럭 적재함에는 냉동 참치가 뾰족한 입을 벌린 채 쌓여 있었다. '그래도 돈이 최고인가, 이 어리석은 인간들아' 하고 야유하는 듯했다. 장민수 일행은 손이 묶여 연행돼 가는데 냉동 트럭 적재함에서 흘러나온 냉기가 겨울 거리에 허옇게 깔리고 있었다.

12
도깨비불

각 경찰서별로 전담 수사팀을
편성해 범인 검거에 나섰지만
현장에 도착할 때마다 도깨비불은
이곳저곳을 휩쓸기만 할 뿐 범인은
도무지 오리무중이었다.

"필시 이거는 도깨비불인 기라. 그렇지 않고서야 그렇게 동에 번쩍 서에 번쩍 하면서 불이 날 수 있겠나."

"요즘 도깨비는 차를 좋아하는 갑지. 차만 골라가며 불을 지르는 걸 보니, 허 그것 참."

매서운 바람이 몰아치는 2월. 연이어 일어나는 차량 방화사건이 가는 곳마다 화제에 올랐다.

"무신 그런 씰데없는 소릴 하노. 집어치라 마. 곧 범인이 잡히것지."

"사연이 있는 기라. 무신 사연이 있씨이, 차만 골라 불을 지르지."

"아무리 긴한 사연이 있어도 그렇지, 남의 귀한 물건에 그리 불을 싸지르면 되나. 천벌을 받지, 천벌을."

술이 거나하게 취한 이들은 끊을 줄 모르고 방화 사건에 대해 이런저런 이야기들을 이어갔다.

"이번에는 어느 지역에서 불이 나는지 우리 내기해볼까?"

"예끼 이 사람, 불 때문에 누구는 속이 타 죽을 지경일 텐데 그런 되지도 않은 말을 하나. 사람이 영 못쓰겠

구만."

"허 참, 웃자고 한 농담에 죽자고 덤비네, 허허허 참."

동료 몇 명과 식당에서 저녁 식사를 하던 김 반장의 귀에 차량 연쇄 방화범에 대한 이야기가 유독 크게 들려왔다. 모두들 얼굴을 마주보며 낮은 한숨을 몰아쉬었다.

방화범에 대한 수사를 펼치고 있던 그들은 식사를 해도 잠을 자도 모든 생활이 편하지 않았다. 그야말로 죽을 맛이었다.

또다시 차량 방화 사건이 발생했다. 비상근무를 비웃기라도 하듯 차량 연쇄 방화 사건은 20일째 계속되고 있었다. 부산 전 지역에 걸쳐 일어난 60여 건의 차량 방화로 차주들은 물론 시민들까지 불안한 밤을 보내고 있었다. 경찰 수뇌부에서는 연일 대책회의와 대응 방안이 하달되고 유관기관과의 긴밀한 협조로 구청직원과 주민이 나서서 자율방범대까지 자원하고 있는 실정이었다. 뿐만 아니라 임시 반상회를 통해 신고 요령을 주민들에게 홍보하고 심야 노상주차 자제를 호소했다.

각 경찰서별로 전담 수사팀을 편성해 범인 검거에 나섰지만 현장에 도착할 때마다 도깨비불은 이곳저곳을 휩쓸기만 할 뿐 범인은 도무지 오리무중이었다. 이런 와중이라 범행동기와 목적을 알 수도 없었을 뿐만 아니라 증거자료를 확보하는 데에도 어려움이 많았다. 엎친 데 덮친 격으로 모방성 방화까지 가세해 모두들 '화'자 소리만 들어도 머리를 움켜쥘 지경이었다. 범인은 방화, 파괴 그 자체에 어떤 희열을 느끼는 듯 보였다.

김 반장이 이끄는 강력팀은 연일 사건분석과 광범위한 자료 수집, 계속되는 발품으로 인해 지칠 대로 지쳐 있었다.

연일 잠복근무였다. 강력팀 전원은 범행이 일어날 가능성이 높은 장소에 차를 세워놓고 비좁은 차 안에서 밀려오는 졸음을 쫓았다. 그렇게 윙윙거리는 무전기 소리에 귀를 기울이다 어느 순간 얼핏 잠이 들면 범인을 쫓는 꿈을 꾸기 예사였다. 식사를 하거나 잠시 커피를 마시는 휴식시간에 범인을 잡은 꿈 이야기를 펼치는 것이 그들의 유일한 낙이 되어버렸다.

지난밤, 또 사건이 터졌다. 불을 처음 발견한 신고자는 새벽 출근을 위해 자신의 승용차로 가던 중 뒤쪽에 있던 차량에서 갑자기 불길이 치솟는 것을 보았다고 했다. 차량 쪽으로 가까이 다가가니 검은 파카를 입은 남자가 황급히 서대신동 방면으로 뛰어가더라고 신고를 했다. 화재 발생 지점은 사하경찰서 관내인 괴정동 대티고개 부근이었다. 비상근무를 하는 순찰조 및 잠복 근무자에게 일제히 무전지령이 전달되었다. 방화사건이 인접 경찰서 관내에서 발생했고 또한 유력한 도주로가 서부서 관내라는 것이었다. 경찰들은 주변을 샅샅이 훑었다. 그러나 범인은 어디에 숨어 있는지 머리카락 한 올

보이지 않았다.

경찰서 보호실.

간밤에는 유달리 많은 잡범들이 잡혀왔다. 그중에는 차량 방화 관련 용의자도 있었다. 김 반장은 새벽근무를 마친 팀에게 보고서와 용의자를 인계받아 정밀조사를 시작했다. 그중 김재식(32세, 가명)이라는 자가 있었는데 서대신동 구덕운동장 근처에서 라이터를 소지한 채 횡설수설하여 잠복 근무자에게 임의동행 되어 왔다고 했다.

"아, 글쎄 아니라니까요! 담배 피는 사람이 라이터를 가지고 있는 게 뭐, 죄가 됩니까?"

김재식은 처음부터 완강하게 자신은 차량 방화범이 아니라고 부인했다. 그의 말대로 라이터를 소지하고 있었다고 모두 범인으로 볼 수는 없었다. 딱히 다른 증거도 없었다.

팀 내에서 일단 방면을 한 후 내사를 하자는 쪽과 알리바이 실측수사를 벌이자는 쪽으로 의견이 갈라졌다. 김 반장은 고민 끝에 여러 가지 의심스러운 정황들이 포착돼 실측수사에 승부수를 던지기로 생각을 굳혔다. 신문과 현장 확인 등 여러 방향의 수사 팀을 편성했다. 발로 뛰는 현장 확인과 끈질긴 추궁으로 김재식의 처음 진술에 허점이 드러나고 거짓이라는 것이 밝혀지기 시작했다. 이제 모두들 어느 정도 김재식이 범인이라는 확신이 들기 시작했다. 더욱더 조사에 가속도를 높였다.

조사를 시작하고 모두들 지칠 즈음, 그의 앞에 김 반장이 결정적인 단서가 될 물건 하나를 툭 던졌다. 김재식은 그 물건을 보자 눈동자가 심하게 흔들렸다. 꼿꼿하게 버티던 처음의 태도와 달리 양쪽 어깨가 아래로 축 처지며 모든 걸 체념한 듯 한숨을 내쉬었다.

김재식에게는 어머니와 세 명의 동생이 있었다. 그러나 제대로 된 직장을 구하지도 않고 무직으로 계속 생활하는 그에게 잔소리를 늘어놓는 어머니와 자신을 무시하는 동생들을 피해 김재식은 혼자 생활하고 있었다. 그렇게 가족을 떠나 떠돌이 생활을 하던 중 그는 타이탄 화물차에 치이는 교통사고를 당했다. 대퇴부에 골절상을 입었는데 일 년간 치료를 해도 병세가 완쾌되지 않았다. 보상비로 받은 몇백만 원의 돈은 얼마 지나지 않아 다 써버렸다. 생활 자체가 어렵다 보니 항상 참을 수 없는 극도의 좌절감과 내일을 어떻게 견뎌야 할지 모르는 불안감에 휩싸여 지냈다. 더구나 좌절감과 불안감으로 안정되지 못한 생활에 몸까지 다치게 되니 현실에 대한 불만이 가득차서 어떤 식으로든 돌출구가 필요했다.

혼자 생활하는 어둠침침한 지하방을 나와 거리를 배회했다. 어둠 속을 걷다 가끔 올려다보는 밤하늘에 총총히 박혀 있는 별들이 깜빡일 때면 마치 자신에게 윙크하는 연인처럼 여겨졌다. 누구도 아닌 자신을 위해 반짝이는 별을 볼 수 있는 어둠이 좋았다. 못난 점을 들추며 잔소리를 늘어놓지도 않았고 길거리를 마음대로 뛰어다녀도, 정신없이 떠들어도 뭐라 할 사람이 없었다. 그런데 가끔 발작적으로 교통사고 후유증이 나타났다. 다리에 오는 통증을 참을 수 없었다. 그 순간 눈앞에 화물차 한 대가 눈에 띄었다. 분노가 치밀어 올랐다. 자신도 모르는 사이 운전석 창문을 돌로 쳐서 깨뜨렸다. 그런 후 라이터로 운전석 시트에 불을 붙였다. 처음엔 지지직 하며 타던 불길이 어느 순간 세상을 조롱하듯 혀를 날름거리며 하늘로 치솟았다. 타오르는 불길을 보니 왠지 속이 뻥 뚫리는 듯한 기분이었다. 그때부터 속이 답답하면 어두운 길거리를 배회하면서 눈에 띄는 화물차량에 불을 지르기 시작했다.

텔레비전 뉴스와 신문에서는 연일 방화범에 대한 이야기로 시끄러웠다. 김재식은 처음에 자신의 이야기가 텔레비전에 나오니 불안하고 가슴이 조마조마했는데 어느 순간 대범해지기 시작했다. 범인을 잡지 못해 안달하는 모습을 지켜보자니 자신이 무슨 대단한 영웅이 된 듯도 했다. 무슨 일이 됐든 대중들에게 이렇게 관심 대상이 됐다는 것이 신기하기도 했다. 경찰서에 몇 번 연행되기도 했지만 계속적인 부인과 횡설수설로 석방되곤 했다. 일이 이쯤 되자 평생 자신은 홍길동처럼 동에 번쩍 서에 번쩍하며 이 놀이를 즐길 수 있을 거란 확신까지 들었다.

회한의 자백을 하기 시작한 김재식이 "담배 한 대만 주십시오."라고 말했다. 담배를 받아든 그의 손가락이 심하게 떨리고 눈자위가 파르르 경련을 일으켰다.

"그런데 그 잠바는 어디에서 찾으셨습니까?"

"지금 그게 중요해?"

김 반장은 기가 막혔다. 아무런 죄 없는 시민들이 방화범 때문에 불안한 밤을 보내고 유례없이 많은 인원이 밤참을 설쳐가며 범인을 잡기 위해 동분서주하며 뛰었는데 김재식은 너무도 간단하게 자신이 잡힌 이유만을 묻고 있었다. 초조한 빛이 역력한 얼굴로 연방 담배를 피우고 있는 김재식을 김 반장은 한심하다는 듯 쳐다보면서 다른 한편으로는 용의자가 자신의 범행을 시인하는 이 순간의 쾌감을 즐기고 있었다. 이 순간의 쾌감은 겪어본 사람만이 안다. 경찰이 쉽게 범인을 검거하고 자백을 시킨다고 생각하는 시민들은 이 기분을 알 수 없다. 범인이 자백하는 이 순간을 위해 그동안 얼마나 많은 땀을 흘리며 피를 말리는 초조함으로 버텼는지 말로 다 표현할 수 없었다.

"기억이 안 나는가 보군. 경찰서에 연행되던 날을 다시 생각해봐."

경찰서에 연행되던 날을 돌이켜보며 김재식은 자신이 큰 실수를 저질렀다는 걸 느꼈다. 그 실수가 자신의 범행을 드러나게 한 결정적인 단서를 제공했기 때문이다.

그날도 주머니 속에 들어 있는 라이터를 만지작거리며 거리를 배회하고 있었다. 저 멀리 커다란 나무 뒤쪽으로 화물차량이 보였다. 교통사고를 당할 당시가 다시금 떠올랐다. 주변을 둘러보았다. 사방에는 개미 한 마리 보이지 않고 칠흑 같은 어둠만이 사방을 뒤덮고 있었다. 눈으로 차를 스윽 훑어본 후 차 아래에 있던 큼지막한 돌 하나를 집어 들어 운전석 창문을 깼다. 그런 후 기름통을 열었다. 신문지를 길게 말아 기름통에 집어넣은 후 기름을 묻혀 꺼냈다. 다른 때처럼 신문지에 불을 붙여 운전석 시트 쪽으로 던지면 일이 끝나는데 그날은 기름통에 그대로 신문지를 던져버리고 말았다. 순식간에 불기둥이 솟으면서 맹렬한 기세로 타올랐다. 불길이 치솟는 걸 보자 김재식은 침울하던 기분이 사라지며 또다시 기분이 상승되는 것을 느꼈다. 몇 걸음 뒤로 물러나던 그는 순간 자신의 손과 입고 있던 잠바에 기름이 묻었다는 걸 깨달았다. 출동한 경찰에게 검문을 당할 경우 기름이 묻은 손과 잠바 때문에 위험해질 수 있다고 판단한 그는 손을 잠바에 문질러 닦은 후 잠바를 벗어 운전석 쪽으로 던져 넣었다. 마침 운전석에 걸려 있던 차주의 잠바가 보였다.

"누군지 모르지만 형씨, 내 잠바랑 바꿉시다."

김재식은 차주의 잠바로 갈아입으며 자신의 잠바는

차와 함께 영원히 타서 사라질 것이라고 생각했다. 그러나 그것은 큰 오산이었다. 비상출동 대기 중이던 경찰과 119소방관이 출동해 불을 진화하고 나자 김 반장은 남은 잠바를 두고 차주의 잠바가 아닌 방화 용의자의 잠바로 분류하면서 결정적 증거로 채택되었다.

연일 유례없는 인원이 동원되고 경찰관들의 골머리를 앓게 했던 연쇄 방화사건은 이렇게 해결이 되었다. 이후 도깨비불 방화 사건 용의자에 대한 검거 보고를 받은 경찰청장이 강력반을 방문하여 격려하고 특진 요청을 확약하여 두 명이나 특진을 하였다. 그만큼 이 사건은 중차대한 사건이었다.

화물 차주는 물론 시민들의 마음을 불안에 떨게 했던 도깨비불의 진상이 밝혀지고 수고한 경찰관들이 특진을 하는 공적을 세웠지만 사건을 돌아보는 김 반장의 마음은 황당하고 씁쓸하기 그지없었다.

13
살인 폭탄주

도시의 밤거리는 욕망의
거대한 블랙홀이자 용광로다.
이 블랙홀과 용광로 속에서 숱한
욕망이 끝없이 명멸하는 것이다.

"이봐요, 아저씨! 아 이것 봐요."

누군가 깨우는 소리에 이경석(35세, 가명)은 잠시 짜증이 난다. '아참, 출근 시간 늦겠다. 아니 오늘은 토요 휴무일이잖아. 좀 더 자도 되는데 이 시간에 도대체 누가 깨우는 거야?'

"아저씨요! 살아 있소?"

'이거 무슨 소리야? 살아 있지, 그럼, 내가 죽었나?'

이경석은 머리가 지끈지끈 아프다. 삭신도 욱신거린다. 슬며시 눈을 뜬 이경석은 벌떡 일어나 주위를 휘둘러본다. 새벽 길거리. 여기는 어디란 말인가. 청소부 아저씨가 빗자루를 들고 옆에 서 있다.

"길거리에 누워 있어 깜짝 놀랐소. 간밤에 술이 과하셨네. 그래도 그렇지 잠은 댁에 가서 주무셔야지요."

"아, 예-."

'아니, 이게 어떻게 된 일이지? 내가 길바닥에서 잤나?'

이경석은 잠시 진공상태에 빠진다. 넥타이는 간 데 없고 와이셔츠 아랫단은 바지춤에서 빠져나와 몰골이 한

마디로 엉망이다.

"아저씨, 여기가 어디입니까?"

"문현동이에요. 도시고속도로 램프 근처요."

'어젯밤 서면에서 정 과장, 김 대리, 이 대리와 금요일의 뜨거운 밤을 불태웠었지. 술을 3차까지 하고 그다음에….'

기억이 흐릿하다. 순간, 아차 싶다. 주머니를 더듬어 보니 지갑이 없다. '이거 어떻게 된 거지? 맞다. 나이트에 갔지.' 그리고 또 술을 마신 것 같다는 희미한 느낌만 머릿속을 스칠 뿐, 어떻게 됐는지 전혀 기억이 나질 않는다.

그러다가 어느 순간 "아저씨 술 한잔 하고 가세요. 예쁜 아가씨도 있어요. 싸게 해드립니다."라는 삐끼(여리꾼)의 호객, "호호, 오빵~." 하는 아가씨의 깔깔거리는 웃음소리가 환청처럼 뿌옇게 지나간다. '술집에서 카드를 뺏겼나? 술집은 분명히 서면이었는데 내가 왜 우리 동네도 아닌 문현동 길바닥에서 자고 있는 거지?' 서면 술집을 나오다가 문턱에 걸려 넘어졌다고 쳐도 무려 5~6km나 떨어진 문현동 길바닥에 엎어져 있는 '갑작스런 공간 이동'이 도대체 이해가 되지 않는 것이다.

그날 오전 이경석은 카드회사에 신용카드 분실 신고를 하며 놀라서 뒤로 자빠졌다.

"뭐라고요?"

새벽에 신용카드에서 540만 원이 현금서비스로 인출
됐다는 것이다. 새벽 취몽 속에서 날강도를 만난 셈. 이
경석의 머릿속은 빛을 쐰 필름처럼 하얗게 타버렸다.

어쩔 수 없이 이경석은 경찰에 신고를 한다.

"그렇게 기억이 안 나세요?"

경찰이나 이경석이나 서울에서 김 씨 찾는 격으로 답
답하기 짝이 없다. 그런데 며칠 후 경찰에 비슷한 사건
신고가 들어온다. 이번에는 다행히 피해자가 술집을 기
억하고 있다. 서면 S거리에 있는 유흥주점인 '블루 라벨'
(가칭)이다.

"자정 무렵, 친구들하고 3차까지 하고 집에 가려는데
삐끼가 들러붙어요. '아가씨들이 쭉쭉빵빵하다'고 꼬시
는 바람에…. 갈까 말까 망설이다가 '한잔 더 하자'며 따
라갔죠. 아이고, 아가씨가 쭉쭉빵빵? 말도 말아요."

피해자인 회사원 하명식(34세, 가명)은 얼굴이 벌겋게
달아오른 채 그날의 자초지종을 설명한다. 그는 술이 센
편이다. 그런데 술집에 들어간 직후 바로 인사불성이 됐
단다.

"아가씨가 말아주는 폭탄주를 마셨는데 전기에 감전
된 것처럼 온몸이 찌릿찌릿하더라고요. 거의 살인적이
었어요. 술이 깨고 나서 생각해보니 양주와 맥주의 비율
을 반대로, 그러니까 질 나쁜 양주를 가득 붓고 맥주를
아주 조금 넣은…. '수소폭탄주'라고도 하죠. 그걸 몇 잔

마신 것 같아요. 그다음, 기억이 거의 없어요."

흐릿하게 기억나는 건 종업원이 흔들어 깨우며 "사장님, 계산하라"고 해서 카드를 꺼내주고 비밀번호를 알려준 것 같다는 사실이다. 그런데 그다음이 문제다. '블루라벨'에서 나온 뒤 또 누가 따라붙었다는 것이다. 거의 강제적으로 다른 술집으로 끌려갔는데 그냥 잤는지, 술을 마셨는지 그것도 불분명하다. 초주검 상태였던 것은 분명하다고. 한참 자다가 종업원들이 부축해줘 택시를 타고 겨우 집으로 돌아왔는데 다음 날 아침, 지갑, 카드, 휴대폰 모두가 사라졌다는 걸 알았다.

"그날 제가 들고 있던 현금을 일단 제외하면 비시카드로 현금 140만 원, 직불카드로 현금 36만 원, 모두 176만 원을 빼내 갔더라고요. 도대체 어떤 놈이, 내 참!"

하명식과 이경석, 두 회사원이 당한 수법이 거의 똑같다. 박 형사는 사건의 윤곽을 잡고는 김 반장에게 보고한다.

"반장님 대충 나옵니다. 삐끼들이 술 취한 사람들을 유혹해 데리고 가면 술집에서 폭탄주를 먹여 완전히 초주검 상태로 만든 다음, 비밀번호를 알아낸 후 현금을 인출하는 수법입니다."

김 반장은 "음, 이건 살인 폭탄주로 사람이 죽을 수도 있다. 특수강도 사건이다…. 어떤 술집들이 이런 짓거리를 하고 있는지, 특히 이에 개입한 삐끼 조직은 없는지

그걸 알아봐."라고 지시한다.

　박 형사는 그날 밤 '블루 라벨'로 간다. 헐벗은 욕망이 꿈틀대는 불야성의 거리. 도시의 밤거리는 욕망의 거대한 블랙홀이자 용광로다. 이 블랙홀과 용광로 속에서 숱한 욕망이 끝없이 명멸하는 것이다. 박 형사는 '블루 라벨' 종업원 이철민(26세, 가명)과 마주 앉아 단도직입적으로 다가붙어 묻는다.

　"며칠 전, 인사불성 된 손님 기억나죠? 지갑 털어 카드로 현금 인출한 거 우찌된 건지 빨랑 말하소."

　이철민은 놀란다.

　"예? 형사님, 무슨 말씀이신지?"

　"답답하네. 다 알고 왔으니 둘러갈 거 없잖소. 경찰서 가야겠소?"

　뜸을 들이던 이철민, 주섬주섬 말한다.

　"제가 한 게 아닙니다…."

　"그러면?"

　"그날 그 손님 술이 너무 많이 취해 제가 카드로 현금을 인출해서 여기 술값 계산은 깨끗하게 끝냈어요. 그다음, 옆집에 가서 한잔 더 한 것 같아요."

　"옆집 어디를 말하는 거요?"

　옆집인 유흥주점 '자카르타'(가칭)의 업주는 김진석(26세, 가명)으로 전과 3범에 주먹깨나 쓰는 사람이다. 서면의 주먹계 대부 정명철(가명)의 조카라나. 박 형사는 바로 '자카르타'에 들러 김진석을 불러 앉힌다.

"김진석 씨 며칠 전 손님 지갑에서 카드를 빼내 현금을 인출한 적 있죠? 왜 현금을 손님에게 주지 않았소?"

"형사님, 그런 일 없습니다."

"혹시 이 집에 삐끼가 손님을 소개해줍디까?"

"예. 요새 하도 영업이 잘 안 돼서…. 가끔 손님을 모셔 오기는 합니다. 뭐 특별히 잘못된 거라도…."

"알았소. 조만간 또 볼 일이 있을 거요."

그런데 며칠 뒤 똑같은 사건이 발생한다. 이번에도 S거리였다. 김형식(26세, 무직, 가명)은 친구 한 명과 함께 토요일 밤부터 술을 마시다가 깨다가 여하튼 밤을 새고 허기져 포장마차에서 토스트를 사 먹고 있었다. 그때가 먼동이 터오던 새벽 5시께. 삐끼가 다가와 "술값 현금으로 내면 싸고 화끈하게 해주겠다"고 하더란다. 처음에 김형식은 친구와 "그만 마시자" "딱 한잔만 더 하자"라며 장난조로 얘기하다가 "에이, 가보자"며 유흥주점 '후세인'(가칭)에 갔다. 김형식과 그 친구도 살인 폭탄주를 마셨다. 필름이 곧 끊겼고, 김형식의 카드에서 총 225만 원이 인출됐다. 사건마다 이렇게 수법이 똑같을 수 없다.

서면 S거리 일대를 탐문 수사하던 강 형사가 "반장님" 하면서 급하게 경찰서로 들어온다.

"S거리 일대에 암약하는 삐끼 조직이 있다네요. 이들

이 S거리 일대의 물을 흐리고 있다고 푸념하는 업주들까지 있어요. 지난해 여름부터 서울내기 3명이 일대의 삐끼 10여 명을 모아 일명 '짝눈 삐끼단'을 결성했다네요."

"짝눈?"

"그 두목 격인 류명철(46세, 가명)이 틱장애가 있는지 한쪽 눈을 자주 깜박인다고 일명 짝눈으로 통한답니다. 알아보니까 류명철은 폭력 도박 등의 전과 13범이고 현재 사기사건으로도 지명수배 중이에요."

"다른 두 명은?"

"류명철의 후배인데 그중 김철승(35세, 가명)은 전과 5범이고 유석기(31세, 가명)는 전과 3범이더라고요."

김 반장이 박 형사 쪽을 보고 묻는다.

"현금 인출 CCTV는 확보 중이지?"

며칠 뒤.

박 형사가 득의만면하여 수사반으로 들어온다.

"반장님, CCTV 장면 하나가 확보됐습니다. 연산동 근처 부산은행 출장소인데 사건 당일인 일요일 오전, 김형식 씨 카드로 200만 원을 인출하는 장면입니다. 모자를 쓰고 마스크를 했지만 인상착의가 '짝눈 삐끼단'의 김철승이 확실합니다."

경찰에 출두한 김철승은 처음에는 발뺌하다가 CCTV 장면을 보여주자 곧바로 실토한다.

"네 명이 200만 원을 각 50만 원씩 나눠 가졌습니다."

"네 명이 누구요?"

"술집 주인, 짝눈 형님, 저, 그리고 후배 유석기입니다."

경찰서에 잡혀온 '짝눈' 류명철은 눈을 깜박이며 떳떳한 듯 말한다.

"아니, 저희들은 술값을 받은 것뿐이에요."

"이 양반이 무슨 소리야? 아니 혼자서 몇 백만 원어치 술을 마셨다는 게 말이 돼? 왜 모자를 눌러쓰고 현금을 인출해?"

김 반장은 호통을 쳤다.

이때 강 형사도 한 건 했다는 표정으로 들어온다. "반장님, 저번에 540만 원 인출한 건도 CCTV가 확보됐어요. 취객을 문현동 길바닥에 내다버린 그 사건 말이에요. 유석기네요."

김 반장은 사건 관련자를 모두 소환하라고 지시한다.

유흥주점 '후세인'의 업주 이명자(51세, 여, 가명)는 이 바닥의 왈가닥이다. 청소년보호법 식품위생법 풍속영업규제법 등 위반으로 전과 14범이나 된다. 경찰이 '후세인'을 압수수색하니 가짜 양주들이 쏟아졌다. 이 가짜 양주와 맥주를 9대 1의 비율로 섞은 '살인 폭탄주'로 손님들을 초주검 상태로 만들고, 카드를 빼돌렸던 것이다. 그 정점에 짝눈 류명철과 짝눈 삐끼단이 있는데 이들은 호객한 손님이 마신 술값의 50%를 받아 챙겨왔다. 삐끼들과 연결된 술집이 S거리에서 다섯 곳으로 파악됐다. 아니나 다를까, 삐끼들과 술집의 연결고리, 그리고 술집들의 연결고리에 대한 단서를 확보하는 사건이 발생한다.

회사원 박민석(34세, 가명)은 이미 술이 만취한 상태로 삐끼에게 이끌려 유흥주점인 '자카르타'에 들러 술값 40만 원을 썼고, 그다음 단란주점인 '미인 행진'(가칭)에 갔는데 '미인 행진'에서 술값 55만 원을 털렸다고 한다. 하룻밤에 혼자서 술값 95만 원을 털린 셈이다. 삐끼가 손님을 물고 오면, '자카르타' 주인 김진석은 평소부터 잘 아는 '미인 행진' 주인 빈재민(23세, 가명)에게 "우리 집에 술 취한 손님이 있으니 너네 집에 데리고 가서 한 번 땡겨가지고 반반씩 가르자"고 했다는 것이다. 박 형사가 김진석을 추궁해 밝혀낸 사실이다.

박 형사가 김 반장에게 보고한다.

"반장님, '블루 라벨'은 '자카르타', '자카르타'는 '미인 행진', 또 '미인 행진'은 '후세인'과 연결돼 취객들에게 살인 폭탄주를 안기면서 인사불성으로 만든 뒤, 카드에 잔액이 남아 있으면 다른 팀에게 손님을 인계해 갈 데까지 가버리는 겁니다."

강 형사도 보고한다.

"류명철이 보통이 아닙니다. 부산뿐만 아니라 창원,

서울 등 전국 유흥가를 헤집고 다녔네요. 지난해 창원에서는 빼돌린 카드로 술값 400만 원을 인출한 사건이 있었는데 당시 취객을 남해고속도로 남강 휴게소에 갖다 버린 일까지 있습니다. 악독한 놈이에요."

"혀를 내두르겠군."

김 반장이 혀를 쯧쯧 차며 말한다.

"그래 박 형사와 강 형사, 이번에 수고 많았어. 고생도 많이 했는데 우리도 술 한잔 하러 갈까?"

"반장님, 설마 살인폭탄주를 돌리시는 건 아니겠죠, 하하."

박 형사와 강 형사의 얼굴에 오랜만에 웃음이 번진다. 그들이 나서는 밤거리의 어둠 깊은 곳에서 또 무슨 일이 일어나고 있을 테지만, 오늘 밤은 잠시 잊고 홀가분해도 좋으리라.

14
길 위의 인생

어떻게 태어났는지가 중요한 것이
아니고 자신에게 주어진 삶을 어떻게
살아가느냐가 중요한 것이 아닐까.
길거리에서 태어났다고 길거리에서
생을 마감할 수는 없지 않겠는가.

귀신이 곡할 노릇이었다.

김 반장은 방 한쪽에 얌전히 놓인 휴대전화와 뒤집혀 있는 동그란 안경을 살펴보다 한쪽 머리를 지그시 눌렀다. 사건의 실마리를 잡고자 할 때 습관처럼 나오는 행동이었다.

"딸은 안경 없이 슈퍼도 가지 않아요, 흑… 흑…. 무슨 일이 있는 게 틀림없어요, 제발 우리 딸 좀 찾아주세요. 제발…."

딸이 사라졌다며 신고한 박미희(38세, 가명)는 사색이 된 얼굴로 발을 동동 구르며 서 있었다.

아직 찬바람이 매서운 2월 겨울밤, 여중생 김소라(13세, 가명)가 감쪽같이 사라진 것이다.

"엄마 빨리 와."

저녁 7시쯤 소라와 3분 정도 통화를 한 게 전부라고 했다. 소라의 오빠가 돌아온 시간이 저녁 9시경이었고 그 뒤 귀가한 박미희는 이상하다 여기면서도 잠깐 나갔겠지, 라고 생각하며 딸이 돌아오기를 기다렸다. 소라는 한 번도 속을 썩이지 않던 착한 딸이었다. 곧 중학교에 입학하는 소라와 학용품을 사러 가기로 약속을 해놓은 터였다. 박미희는 딸의 안경을 집어 들고 바람에 덜컹 거리는 대문 소리를 듣고 서 있다가 11시가 다 되어가자 불안감이 극에 달해 황급히 112로 실종 신고를 했다.

김 반장은 함께 출동한 경찰관들에게 실종 정황을 설명하고 있는 소라 어머니의 말을 들으면서 화장실을 살펴보다 바닥에 희미하게 찍힌 두 개의 운동화 발자국을 발견했다. 외부인이 침입한 게 분명했다. 게다가 이곳은 재개발지역 내 다세대주택 1층이 아닌가.

김 양의 집 주변을 샅샅이 뒤지기 시작했다. 고요하기만 하던 현장 주변은 순식간 긴장에 휩싸였다. 사방으로 흩어져 뛰는 발자국 소리에 놀라 개들이 컹컹 짖었고 대문 여닫는 소리가 한밤중 고요를 깨뜨렸다. 어느 창문에선가 짧은 욕설이 흘러나오기도 했다. 한밤의 어둠이 짙어지자 온 동네를 다 뒤져서라도 딸을 찾아달라며 김 반장의 소매를 붙들고 통사정하던 소라 어머니의 두 어깨도 축 처지기 시작했다. 긴급 지원된 수사팀과 과학수사팀의 한밤중 수색이 원점으로 돌아가자 김 반장은 마음이 무거워졌다. 머릿속에서는 나쁜 생각들이 스쳐 지나갔다. 김 반장은 김양의 모친 박미희를 슬쩍 돌아보다 입술을 다물었다. 까맣게 속이 타고 있을 가족들에게는 차마 꺼낼 수 없는 생각들이었다.

다음 날 '김 양 사건 수사본부'가 꾸려지고 본격적인

수사가 시작되었다. 김 양의 실종을 납치로 규정한 비공개 수사였다. 김 반장은 김 양의 신변 안전이 가장 중요하다 판단하고 은밀히 주변 인물들을 수사해나갔다. 범인을 자극하지 않되 서서히 압박을 가해 피해자를 무사히 찾아내야 했다. 인근의 빈집들을 수색하는 한편 동일 수법 전력자, 성폭력 수배자 중심으로 강도 높은 수사를 진행해나갔다. 김 반장은 그중에서도 김창수(남, 36세)를 가장 먼저 수사선상에 올렸다. 김창수는 불과 한 달 전 새벽 주택가 골목길에서 20대 여성을 납치하고 강간한 혐의로 수배선상에 올라 있는 상태였다. 김 반장은 김창수의 성범죄 전과를 눈여겨봤다. 20세 때 처음 성범죄를 저지른 김창수. 길 가던 9세 여자아이를 인근 옥상으로 끌고 가 성폭행하려던 혐의로 3년 형을 선고받아 수감생활을 하게 된 그는 출소한 후에도 성범죄의 늪에서 빠져나오지 못했다. 출소 한 달 만에 길 가던 30대 주부를 끌고 가 10일간 감금하고 성폭행하여 8년 형을 선고받고 복역한 그는 출소 후에도 똑같은 범행을 저지르고 잠적하였다.

김 반장은 김창수의 양부모 집을 찾았다. 한 교회 앞에 버려져 있던 김창수를 데려와 기른 양부모는 온순하고 선한 사람들이었다. 넉넉지 않은 살림살이를 훑어보며 김 반장은 자수만이 살길이라는 말을 강조했다.

"우리 창수 잘 부탁합니다. 형사님."

가정 방문이라도 하러 온 교사를 대하듯 깍듯한 양부모의 주름진 얼굴을 뒤로하며 김 반장은 씁쓸한 기분이 들었다. 김 반장이 자신의 양부모 집을 찾아갔다는 걸 확인한 김창수는 경찰서에 전화를 걸어왔다. 자신은 김 양 사건과는 관련이 없다는 것이다. 그 말을 끝으로 김창수는 잠적했다.

실종 4일이 지났지만 김 양의 소재는 확인되지 않았다. 수사팀과 소라 가족들은 오직 소라가 안전하게 발견되기를 기원했다. 비공개 수사에서 공개수사로 전환되고 전국에 공개수배인 '앰버경보'가 발령되었다. 실종된 김 양의 사진이 실린 전단지 2만 장을 전국에 배포하고 현상금도 내걸었다. 김 반장의 하루는 쉴 틈도 없이 숨 가쁘게 돌아갔다. 그즈음 정밀 감식결과가 나왔다. 김 양의 옆방에서 발견된 라면 봉지에 찍힌 지문이 김창수의 것으로 확인되었다. 유력한 용의자가 된 김창수를 찾는 것이 무엇보다 급선무였다. 김 반장의 마음도 조급해지기 시작했다. 그도 그럴 것이 김창수는 친구가 운영하는 술집에 나타나 경찰서에 전화를 걸어 "나는 범인이 아니다. 소라 사건과 관련이 없다."라고 앵무새처럼 반복하고는 또다시 도주해버린 것이다.

김 반장은 김창수의 수사 파일을 뒤적거리며 깊은 고민에 빠졌다. 김창수는 오랜 복역기간 탓에 친한 친구도 별로 없고 대인관계에도 서툴렀다. 교도소 복역 시절 다른 재소자들을 폭행하는 등 난폭함을 갑자기 폭발시키기도 한다는 김창수. 김 반장은 한쪽 머리를 꾹꾹 누르며 생각을 정리해나갔다. 충동 조절을 잘 못하고 사회성이 결여돼 다른 사람과 함께 어울리기보다는 혼자 있는 걸 좋아하는 김창수. 그는 분명 이곳을 벗어나지 않았을 것이다. 평소에도 생활반경이 좁아 자신이 사는 동네를 잘 벗어나지 않는 김창수였다.

김 반장의 직감대로 김창수는 경찰서에 전화를 할 때 공중전화를 이용했고 그 이후로는 공중전화도 사용하지 않고, 혼자 재개발 지역 빈집에 숨어 지내면서 늦은 밤에만 이동하며 경찰의 수사망을 피해나갔다. 신고 포상금이 높아지자 시장에서 음식이 없어졌다느니 가게 서랍 속에 넣어둔 돈이 없어졌다느니 크고 작은 제보는 무성했지만 김창수의 흔적은 묘연하기만 했다. 김창수를 잡아야 김 양을 찾을 수 있을 터. 김 양 부모와 마찬가지로 김 반장의 속도 까맣게 타들어갔다.

김 양이 실종된 지 10일째 되는 날 밤, 그날도 김 반장은 경찰서에서 늦은 저녁으로 퉁퉁 불어터진 자장면을 급하게 입안으로 후루룩 밀어 넣고 있었다. 무전이 급하게 울리며 비상호출이 떨어졌다. 수색 중이던 경찰관들이 김 양의 시신을 발견한 것이다. 김 양의 집에서 불과 몇 미터밖에 떨어지지 않은 옥상 물탱크 속에서였다. 김 양은 옷이 모두 벗겨지고 손발이 묶인 채 벽돌에 눌리고 석회 가루에 뒤덮여 있었다. 엽기적이고 처참했다. 김 반장은 플래시를 비추어보다 이내 고개를 돌려버리고 말았다. 결국 그토록 찾았던 김 양은 싸늘한 주검이 되어 돌아온 것이다.

"반장님, 말도 마세요. 얼마나 놀랐다고요. 어둠 속에서 물통 안을 비추는데 백색 가루가 뒤덮여 있고 공사용 타일 쓰레기, 거기다 비닐봉지까지…. 그냥 모르고 지나칠 뻔했다니까요. 그러다 반짝, 인형 손톱 같은 게 있는 거예요. 혹시나 해서 철사로 쓰레기 비닐봉지를 끌어 올렸죠. 그랬더니 그 안에…."

철사로 끌어낸 비닐봉지 속에서 김 양의 옷가지를 발견한 이 형사는 무용담을 말하듯 쉴 새 없이 떠들어댔다. 아직은 신입인 이 형사였다. 김 반장은 내심 많이 놀라고 긴장한 것을 숨기듯 과장되게 말이 많은 이 형사의 어깨를 툭툭 쳐주고는 옥상 위 밤하늘을 올려다보았다. 별도 없이 깜깜한 밤하늘 어둠이 김 양을 좁은 물탱크 속에서 밖으로 나오게 한 것 같았다. 어둠이 아니었다면 손전등 불빛에 반짝 빛을 낸 김 양의 손톱 메니큐어 반사 빛을 보지 못했을 것이다. 비닐봉지 속 휴지뭉치와 김 양의 사체 내에서 김창수의 DNA가 발견되었고 물탱크 주변에서 김창수의 옷가지들도 발견되었다.

하늘이 무너진 듯 오열하는 김 양의 가족을 차마 바로 볼 수 없어 김 반장은 멀찌감치 서서 어두운 하늘만 쳐다볼 뿐이었다. 이제 수사는 급물살을 타기 시작했다. 김 양의 죽음을 돌이킬 수는 없었지만 김창수를 하루속히 잡아 감옥에 보내는 일만이 최선이었다. 김 반장은 수염도 깎지 못한 채 하루하루 피 말리는 날들을 보냈다. 24시간 비상근무체제로 돌입한 지도 어제오늘이 아니었다. 김창수는 낮에는 빈집이나 옥상 빈 쪽방에 숨어 지내다 밤이 되면 걸어서 이동하는 것으로 파악되었다. 수사 인원을 대폭 증원하는 한편 김창수가 나타날 만한 곳이면 밤이건 새벽이건 가리지 않고 그물망식 잠복 수사망을 펼쳐나갔다.

김 양의 시신이 발견된 지 5일째 되는 날, 김 반장은 다른 날과 마찬가지로 인근 주변을 돌고 또 돌았다. 피곤에 절은 몸이 무거웠지만 이렇게라도 몇 바퀴 동네 수색을 해야 마음이 편했다. 김 반장은 김 양의 집 근처 동네를 천천히 탐색하듯 돌아보고 인근 시장을 수색한 후 빈집들을 다시 탐문 수사해나갔다. 그러다 인근 빌라 옥상을 수색하면서 구석에 웅크리고 있는 김창수를 발견했다. 김 반장 일행은 누가 먼저랄 것도 없이 '야, 김창수!'라고 소리치며 쫓았다. 김 반장 일행을 발견한 김창수는 순식간에 옆 건물로 뛰어넘어 건물 아래로 도망쳤다. 결국 1층 주차장으로 뛰어 내려가던 김창수는 마주 오던 잠복조들과 격투 끝에 붙잡혔다.

이날을 얼마나 고대했던가. 드디어 흔적조차 찾을 수

없던 김창수가 검거됐다. 하지만 김 반장의 마음은 무겁게 가라앉기만 했다. 며칠 전 물탱크 속에 있던 김 양의 시신이 아직 눈에 선했기 때문이다. 김창수가 검거되자 김 양의 시체 유기 현장을 봤다는 목격자도 나타났다. 진작 신고를 했어야 하는데 확실하지도 않고, 보복이 두려워 못했다는 사내는 긴장한 기색이 역력했다.

검거된 김창수는 자신의 범행을 완강히 부인했다.

"모릅니다."

"기억이 나지 않습니다."

김창수는 이 두 마디를 반복할 뿐이었다. 순순히 자신의 범행을 자백할 거라고 생각지는 않았지만 이 정도일 줄은 몰랐다. 김 반장은 또 다른 난관에 부딪혔다. 이번에 감옥에 들어가면 끝이라는 생각만이 김창수 머릿속에 가득한 듯했다. 무조건 부인하고 보자 마음먹은 듯 김창수는 꿈쩍도 하지 않았다. 검거 5일째, 김 반장은 마지막 승부수로 거짓말탐지기와 뇌파 탐지 검사기를 동시에 실시하기로 했다.

어느새 김창수는 잔뜩 겁먹은 얼굴이 되었다. 지금까지 모르쇠로 일관하던 뻔뻔함도 찾아볼 수 없이 초조한 기색이 역력했다. 김 반장은 이 타이밍을 결코 놓치지 않았다. 마음이 약해져 있는 김창수에게 인간적으로 접근했던 프로파일러 박 형사를 대면하게 한 것이다.

"김 양과 김창수 씨의 유년 시절은 많이 닮아 있었습

니다.”

박 형사의 말에 눈빛이 크게 흔들리던 김창수는 고개를 푹 숙이며 말했다.

“제가, 제가 그랬습니다.”

수배자로 쫓기던 김창수는 생라면으로 끼니를 때우며 도피생활을 했다. 먹을 것을 훔치고 이 집 저 집 빈집을 찾아다니며 잠을 자던 김창수가 그날 밤 술을 마신 채 찾아든 곳이 김 양 집이었다. 혼자서 엄마를 기다리며 집을 보고 있던 김 양과 마주친 김창수. 꿈틀대며 잠자고 있던 악마근성이 그의 온몸을 휘감았다. 김창수는 귀신에 홀린 듯 김 양을 인근의 비어 있는 무당집으로 끌고 갔다. 어둑한 밤길, 듬성듬성 삐죽이 자란 마당의 잡초더미를 헤치고 무당집 방 안으로 들어간 김창수는 반항하는 김 양의 옷을 벗기고 흥분했다. 극도의 공포심에 벌벌 떨며 살려주세요, 살려주세요, 만을 외치던 김 양이 어느 순간 악, 소리를 지르며 거칠게 반항했다. 김창수는 김 양의 코와 입을 막고 목을 조르기 시작했다.

얼마나 지났을까. 어느새 김 양의 몸부림이 잦아들고 거칠던 숨소리도 들리지 않았다. 김창수는 김 양의 주검을 옆에 두고 인적이 드문 새벽이 되기를 기다렸다. 사람들의 발길이 끊어지고 모두 잠든 새벽, 그는 김 양의 시신을 옥매트 가방 안에 넣어 미리 생각해둔 파란색 물탱크 속에 유기하고 담을 넘어 도주했다.

"사체가 발각될 것이 두려웠어요. 그래서 백색 시멘트를 가져와 붓고 폐타일로 덮었습니다. 죄송합니다."

김창수는 범행 사실을 자백했지만, 구체적인 범행 방법에 대해서는 쉽사리 입을 열려고 하지 않았다. 자신이 버려진 아이라는 사실을 알고 엇나가기 시작했다는 김창수. 중학교 시절부터 친구들과 싸움을 벌였고 폭력 범죄로 경찰서를 들락거리다가 성범죄의 낙인이 찍힌 후로 범죄자의 삶을 걷게 된 것이다. 김창수는 감옥에서 자신의 죄를 뉘우치기는커녕 사회에 대한 불만과 사람들 간의 단절감만을 더욱 키워온 셈이다. 자신을 버린 부모에 대한 미움과 사회에 대한 불만이 성범죄와 살인으로까지 이어진 것이었다.

우리 모두는 자신의 의지와 상관없이 세상에 태어났다. 누구는 김창수처럼 길거리에 버려지기도 하고 누구는 태어나면서부터 왕자나 공주 대접을 받고 자라기도 한다. 하지만 어떻게 태어났는지가 중요한 것이 아니고 자신에게 주어진 삶을 어떻게 살아가느냐가 중요한 것이 아닐까. 길거리에서 태어났다고 길거리에서 생을 마감할 수는 없지 않겠는가. 어쩌면 우리 모두는 사람답게 사는 것에 대한 답을 찾기 위해 살고 있는 것이 아닐까…. 어두워지는 창가에 서서 지나가는 군중을 바라보던 김 반장은 깊은 생각에 빠져들었다.

납치·유괴 성폭행 사전예방 및 사후조치

성폭력범의 절반 이상은 아는 사람!

- 사단법인 부산성폭력상담소에 의하면 2012년 상담사례 765건 중 72%인 604건이 지인에 의한 피해 (2013. 7. 26. 연합뉴스)

- 경찰청에 의하면 원스톱지원센터에서 2010년 1~11월 중 피해자 조사가 이뤄진 13세 미만 성폭행 사건 1,020건 중 55%인 561명이 이웃, 친인척 등 피해자와 아는 사이였고, 36%인 367건의 발생 장소가 가해자나 피해자의 주거지임(2010. 12. 22. 경향신문)

- 가까운 사람, 익숙한 장소라고 해서 성폭력 피해를 당하지 않는 것은 아니며, 성폭력 범죄 예방을 위한 주의와 교육이 평소 생활과 밀접한 곳부터 이뤄져야 함을 의미

우리 동네 성범죄자는 누구일까?: 성범죄자 알림e

- 주거지, 학교, 직장 인근 성범죄 전력자를 미리 파악함으로써 성범죄 예방 및 안전 확보에 기여

- 인터넷 www.sexoffender.go.kr에 접속하거나, 스마트폰(안드로이드 구글플레이, 아이폰 앱스토어) 애플리

케이션(검색어: 성범죄자 알림e)을 다운로드하여 접속 가능
- 열람 방법
  - 지도검색(해당 시도, 해당 구, 해당 동 선택)이나 조건 검색(이름, 읍/면/동, 초등학교)을 선택
  - 본인인증절차 후 성범죄 전력자의 이름, 주민등록상 거주지, 실제 거주지 열람 가능
- 공개자 수는 2014년 9월 현재 전국 4,141명(출처: www.sexoffender.go.kr)

생활 속에서 실천하는 성범죄 사전 예방 대책

- 아동, 청소년의 경우
  - 집에 혼자 있을 때 낯선 사람, 택배, 가스검침 등에게 문을 열어주지 않는다.
  - 친척이라 하더라도 방에 단 둘이 있거나 몸에 손대는 것을 허락하지 않는다.
  - 사람이 없거나 어두운 골목길로 가지 않는다.
  - 낯선 사람과 단 둘이 엘리베이터를 타지 않는다.
  - 인터넷이나 스마트폰 채팅을 통해 모르는 사람과 만나지 않는다.
  - 채팅 상대방이 신체 사진을 요구할 때에는 응하지 않는다.
  - 숙박업소에 같이 가는 것은 성관계에 동의한 것으

로 생각할 수 있으므로 주의한다.

○ 성인의 경우
  - 심야시간 혼자 다니지 말고, 되도록 골목길은 피하고 큰 길을 이용한다.
  - 길을 걷다가 수상한 사람이 뒤따라오면 112나 주변의 도움을 요청한다.
  - 빌라, 원룸 등의 저층에 거주하는 경우에는 창문을 꼭 잠근다.
  - 택시를 타기 전에는 차량 번호와 차종을 확인해 친구나 부모에게 알린다.
  - 늦은 시간 이어폰을 꽂고 음악을 듣거나 스마트폰을 하며 걸어가지 않는다.

위험한 상황에서 바로 신고한다: SOS국민안심 서비스

○ 납치, 성범죄 등 위험한 상황에 처한 미성년자, 여성이 범인 몰래 휴대폰으로 말없이 신고하더라도 경찰이 신고자의 신원과 위치를 확인, 출동, 구조해주는 시스템

○ 원터치 SOS
  - 휴대폰 또는 스마트폰을 갖고 있는 미성년자, 여성은 지구대, 파출소, 경찰서 방문하여 비치된 가입신청서를 작성
  - 가입 후 112를 단축번호로 지정하고, 위급상황 시

단축번호를 눌러 신고

○ 112긴급신고 앱

- 스마트폰을 갖고 있는 미성년자, 여성의 경우 안드로이드 구글플레이나 아이폰 앱스토어에 접속하여 '112 긴급신고(경찰청 제작)' 앱을 다운로드

- 본인인증 후 가입하고, 위급상황 시 앱을 실행하여 '긴급신고하기'를 길게 터치하여 신고(본인 명의 스마트폰이 아닌 경우 가입에 제한 있음)

○ U-안심 알리미 서비스

- 전용단말기를 온라인에서 구매하고, 이동통신사 U-안심서비스에 가입(인터넷 참조)

- 어린이가 위급상황 시 단말기의 긴급버튼을 눌러 이를 보호자에게 알리거나, 보호자가 설정한 안심지역(학교, 주택가, 학원 등)에 진입/이탈 시 보호자에게 알려주는 서비스

범인 검거 및 피해 회복을 위한 사후 조치

○ 성폭행 피해 직후 행동 요령

- 부모, 경찰관 등 믿을 만한 사람에게 알리고 도움을 요청한다.

- 성폭력은 혼자서 감출 수 있는 일이 아니며, 피해자의 권리 보호를 위해 반드시 경찰에 신고한다.

- 성범죄자의 DNA 등 증거 확보를 위해 샤워, 양치

를 해서는 안 되며 피해 당시 입었던 옷을 갈아입
거나 세탁해서는 안 된다.
- 현장의 증거 훼손을 방지하기 위해 청소를 해서는
안 되고, 현장을 그대로 보존해야 한다.
○ 피해 신고 이후
- 성폭력으로 인해 드러난 상처가 없더라도 정신적
충격을 받은 상태이므로 즉시 병원 진료를 받아 성
병, 임신 등에 대한 적절한 조치를 취해야 한다.
- 성폭력 피해자 지원기관(해바라기 여성·아동센터, 원
스톱지원센터, 각 지방경찰청 소속 CARE 등)에 방문
하거나 연락하여, 전문가와 상담하고 피해자 조사,
심리치료 등을 받는다.
○ 성폭력 피해자 지원 기관 연락처
- 경찰청: 112
- 경찰청 원스톱지원센터: 1899-3075
- 각 지방경찰청 내 CARE팀: 1566-0112
- 여성긴급상담전화: 1366
- 해바라기 여성·아동 센터(부산): 051-244-1375
- 사단법인 한국성폭력상담소: 02-338-5801~2
- 한국여성민우회 성폭력상담소: 02-335-1858

더 알아두기: 성폭력 범죄 피해 아동의 징후
○ 특히, 아동의 경우 성폭행의 의미 자체를 모르거나 두

려움으로 인해 부모나 보호자에게 알리지 않는 사례가 많으므로 부모의 세심한 관찰이 필요하며, 아동이 평소와 다르게 아래 지표들을 보인다면 성폭행 피해를 의심해보고 전문가나 성폭행 전담 경찰관 등과 상담해본다.

○ 의료적 지표
  - 아동의 질에 있는 정액, 질에 생긴 상처
  - 항문 괄약근의 손상이나 항문 입구의 열창
  - 입천장의 손상
○ 심리·사회적 지표
  - '아저씨 고추에서 우유가 나왔다'와 같은 성지식을 나타내는 말
  - 성적인 묘사를 한 그림
  - 동물이나 장난감을 대상으로 하는 성적인 상호 관계
  - 악몽, 자주 깸, 늦게까지 자지 않으려 함
  - 어른이나 교사에게 안전과 보호를 요구하며 매달림
  - 지나친 짜증, 불안감
  - 꼬챙이나 막대기로 자신을 찌르고 쑤시거나, 손으로 자신을 꼬집는 자해행위
  - 친구 관계에서의 문제나 학교 부적응

15
대형 화재 사건

잇따른 세 건의 대형 화재 참사로
부산은 '불의 도시'라는 오명을
뒤집어썼다. 숨진 이들의 사연과
곡절을 어떻게 일일이 다 보듬을 수
있을 것인가.

2009년과 2012년 잇따른 세 건의 대형 화재 참사로 부산은 '불의 도시'라는 오명을 뒤집어썼다. 숨진 이들의 사연과 곡절을 어떻게 일일이 다 보듬을 수 있을 것인가. 고귀한 목숨이 기본을 무시한 안전 불감증으로 안타깝게 스러졌으며, 안전 불감증이 곳곳에 도사리고 있는 우리 사회의 부끄러운 자화상이 드러난 참사였다. 그 부끄러움을 닦고 지워야 하는 일이 살아남은 자들의 몫일 것이다.

영도 상하이 노래주점 화재

2009년 1월 14일 수요일 오후 8시 50분경 부산 영도구 남항동 1가 상하이 노래주점에서 대형 화재가 발생했다. 노래주점은 6층 건물의 지하 1층에 있었는데 업소의 종업원이 아주 기본적인 조치도 취하지 않고 방치하는 바람에 9명이 숨지는 대형 사고로 이어졌다. 안전 불감증이 불러온 어처구니없는 참사였던 것이다.

사망자 8명은 영도구에 있는 조선업체 생산관리부서 30~60대 임직원들이었다. 이들은 당시 건조한 3만 2천

톤급 대형 선박의 시운전을 무사히 마친 것을 자축하기
위해 인근 식당에서 식사를 한 후 이 노래주점에서 2차
회식을 하다가 참변을 당했다. 다른 사망자 1명은 노래
주점 여성 도우미로 사고 뒤 9일 동안 중태에 빠져 있다
가 애석하게 숨졌다.

　발화 지점은 이들이 있던 바로 옆방인 6번 방이었다.
화재가 일어난 과정은 희한하고 유별났다. 하지만 불은
언제 어느 때고 예측불가하게 일어날 수 있다는 것을 증
명하고도 남았다. 그 방의 환풍기 전선이 불완전 접속으
로 스파크를 일으키면서 탔고 이어 환풍기 덮개가 녹아
내리면서 급기야 소파에 불씨가 떨어지며 서서히 불이
붙었던 것이다.

　7개의 크고 작은 방이 있던 노래주점에는 당시 7번 방
에만 이들 8명의 손님이 있었다. 화재가 발생하자 실질
적으로 주점을 관리 운영하던 종업원 김창기(25세, 가명)
는 주방 아주머니에게만 "불이 났다."고 말한 후 혼자서
출입문으로 피신했다. 이것이 대형 사고로 이어진 직접
적인 원인이었다. 지하 노래주점 구조를 어느 정도 알고
있던 주방 아주머니와 대기 중이던 도우미 3명도 양쪽
출입구를 통해 빠져나갔다.

　7번 방에 있던 8명은 간발의 차이로 방에서 뛰쳐나왔
지만 이미 유독가스와 연기로 휩싸인 지하 공간에서 방
향감각을 잃고 아비규환의 상태에 빠질 수밖에 없었다.

7번 방 바로 옆에 비상계단으로 연결된 후문이 있다는 사실을 알 리가 없는 이들은 멀리 있는 정문 쪽을 향했는데 5명은 정문 출입구 계단 앞까지 갔으나 출입구 바로 옆의 3번 방으로 들어가 결국 질식해 숨졌다. 좁고 길쭉한 3번 방의 그을린 벽면에 출구를 더듬다 숨진 이들의 손자국이 어지럽게 흩어져 있어 주위를 안타깝게 했다.

일행 중 한 명은 중간의 5번 방에 들어가 사망했고, 나머지 두 명은 7번 방 바로 앞에서 연기를 마시고 쓰러졌다. 어디가 출입구인지 알 수 없었던 절체절명의 급박한 상황이 생생하게 떠오르는 듯하다. 7번 방에 있던 도우미는 정문 출입구 계단 앞에서 쓰러져 병원으로 후송되었으나 사경을 헤매다가 결국은 사망했다. 화재 당시 같은 건물에 있는 지상 숙박업소의 손님 수십 명이 놀라 대피하는 소동이 벌어지기도 했다.

경찰 조사 때 종업원 김창기는 "7번 방 손님들에게 대피하라고 문을 두드리고 고함을 친 뒤 빠져나왔다."라고 했으나 거짓말탐지기 조사에서 거짓 반응이 나와 혼자 피신한 것으로 밝혀졌다. 그의 말대로 "대피하라!"는 말을 손님들에게 전했더라면 아까운 생명을 구할 수 있었을 것이다. 경찰은 김창기와 함께 노래주점 내 방화시설을 제대로 갖추지 않아 9명을 숨지게 한 노래주점 업주를 업무상과실치사 혐의로 구속했다. 또한 화재가 발생한 방의 환풍기와 인테리어 공사를 한 시공업자, 그리고 건물주를 소방법 등의 위반 혐의로 불구속 입건했다.

가나다라 실내 실탄 사격장 화재 참사

2009년 11월 14일 토요일 오후 2시 25분경 부산 중구 신창동 가나다라 실내 실탄 사격장에서 발생한 화재는 일본인 관광객 10명을 포함해 모두 15명이 사망하는 초유의 참사였다. 당시 이명박 대통령이 일본 하토야마 총리에게 위로 서신을 보냈으며 정운찬 국무총리는 부산을 찾아 일본인 유가족들을 위로하는 등 이 참사는 한국의 이미지에 먹칠을 한 국제적으로도 부끄러운 사건이었다.

화재가 발생한 가나다라 사격장은 국제시장 4공구에 있는 5층 건물 중 2층에 위치한 실내 사격장이었다. 화재 신고가 접수되기 2분 전, 일본인 관광객들이 웃으며 사격장에 들어서고 잠시 후 사선에서 두 명이 권총을 들고 표적을 향해 조준하는 장면을 마지막으로 CCTV는 멈추었다. 그때 시간은 오후 2시 23분 42초. 2분도 안 되는 짧은 시간 안에 갑작스럽게 큰 화재로 이어진 원인을 알 수 없었고, 처음 불이 번지기 시작한 지점은 사격장 출입구 오른쪽 휴게실 소파로 추정됐을 뿐이었다. 정확한 발화 지점, 화재 원인은 미궁에 빠지는 듯했다.

화재 현장은 끔찍했다.

사격장에 있던 총 16명 중 10명이 현장에서 곧바로 숨졌으며 나머지 6명은 온몸에 불이 붙은 채로 1층 계단 쪽에 쓰러져 있거나 건물 밖으로 뛰쳐나오는 처참한 형국이 벌어졌다. 사격장 인근 가게 CCTV에서 화염에 휩싸인 이들이 뛰어가는 소름 끼치는 모습이 포착됐다. 부상자 6명 중 살아남은 이는 오직 한 명이었다. 화재 현장에 있던 총 16명 중 15명이 사망하고 한 명만 살아남은 참혹한 사건이었다.

'야후 재팬'에 소개되기도 한 가나다라 사격장은 자국 내에서 거의 실탄 사격을 할 수 없는 일본인 관광객들의 단골 관광 코스였다. 사망자 중 일본인 관광객이 10명에 이르렀던 것은 그 때문이다.

그중 8명은 나가사키(長崎) 현 운젠(雲仙) 시 아즈마(吾妻)중학교의 야구부 및 소프트볼부 출신들로 돈독한 우정을 쌓고 있던 36~37세 동창생들이었다. 이들 일행 9명은 9년 전부터 돈을 모아 3년에 한 번씩 단체여행을 하기로 하여 1박 2일의 해외여행을 떠났고, 첫 여행에서 그만 참변을 당했던 것이다. 유일한 생존자가 그 동창생들 중 한 명이었다. 나머지 일본인 사망자 두 명은 이들과는 별도로 부산을 찾은 56, 57세의 남자 관광객이었다. 한국인 사망자는 5명으로 여성 관광가이드 2명, 사격장 종업원 3명이었다. 가이드 중 중화상을 입은 후 병원에서 숨진 문영숙(가명)은 30년 이상 일본인 관광객

안내를 해온 베테랑이었으며, 그 자리에서 숨진 이영희(가명)는 가이드 경력 8년차에 변을 당했다.

미궁에 빠지는 듯하던 화재 원인이 사격장 CCTV 하드웨어 복원을 통해 밝혀졌다. 불은 몇 초 사이, 순식간에 폭발적으로 번졌다. 두 명이 먼저 사격을 했는데 격발장 1번 사대(射臺) 바로 앞 사로(射路)에 쌓여 있던 풍선 등의 더미에서 불빛이 일어나는 장면이 포착됐다. 실탄을 쏠 때 발생한 불티가 잔류 화약 또는 흡음재에 떨어지면서 화재가 발생한 것으로 추정됐다.

격발장 안에 있던 사람이 화재가 일어난 것을 눈치챘을 때는 이미 늦었다. 2~3초 사이, 순식간에 번진 화마가 격발장 철제 출입문을 뚫고 나갈 정도였다. 격벽의 홈과 천장에 붙어 있거나 바닥을 청소하면서 쓰레기봉투에 담아 격발장 안에 보관하던 잔류 화약이 불길과 만나 폭발하면서 산소가 유입되던 출입문 쪽을 강타한 것이다. 잔류 화약을 머금은 화마의 입김은 그 기세가 대단했다. 격발장의 철제 출입문이 밖으로 휠 정도였으며, 문손잡이까지 녹아내렸다.

산소를 찾아 나선 불길은 휴게실까지 덮쳐 폭발했으며 다시 격발실 안쪽의 폭발로 이어졌다. 밀폐된 실내 사격장의 특성상, 가연성 가스가 천장 부근에 모이고 그것이 일시적인 강한 폭발, 플래시 오버 현상으로 이어져 1층에까지 열기가 미칠 정도로 피해가 컸다.

경찰은 사격장 관리인 등을 상대로 조사한 결과 벽면과 천장의 잔류 화약 청소는 개업 후 5년간 한 번도 하지 않았고, 바닥 청소를 하면서 수거한 잔류 화약을 쓰레기 봉투에 담아 격발장 안에 보관해온 사실을 확인했다. 사격장 업주와 관리인 두 명은 과실치사 혐의로 구속됐다.

서면 노래방 화재 참사

2012년 5월 5일 발생한 부산 서면 노래방 화재 사고 역시 9명이 숨지고 22명이 부상을 당한 대형 참사였다.

어린이날이자 토요일인 이날 밤 8시 52분 부산진구 부전동 쥬디스태화 뒤편 6층짜리 건물 3층에 있는 시크 노래주점. 이 주점의 종업원 김명식(21세, 가명)은 화장실에서 나오면서 바로 앞 24번 방에서 불길과 연기가 치솟는 것을 발견했다. 아무도 없는 24번 방에서 전기누전으로 불이 붙었던 것이다.

너무 놀란 사장 조명석(26세, 가명)과 종업원 등은 손님들을 대피시키지 않고 자체 진화를 시도했다. 이것이 대형 참사로 이어진 돌이킬 수 없는 커다란 실수였다. 진화에 실패하고 화재 신고 시간만 지체한 뒤 "대피하라!"고 손님들에게 알려주었을 때는 이미 노래방 내부 복도가 짙은 연기에 휩싸일 대로 휩싸여 있었다.

당시 노래주점에는 26개의 방이 있었는데 5개 방에 모두 31명의 손님이 노래를 부르며 유흥을 즐기고 있었다. 주점의 가장 안쪽이었던 25번 방에서 제일 많은 사망자가 나왔다. 그들은 모두 20대였는데 12명 중 8명이 유독 가스에 질식해 사망했다. 이들은 자동차 부품 생산업체 회사원 8명과, 여대생 4명이었다. 이중 회사원 6명과 여대생 2명이 사망했다.

이들 중 서중석(사망, 22세, 가명)이 여대생 제영희(사망, 21세, 가명)와 아는 사이였는데 제영희가 친구들을 데리고 회식 자리에 초대받아 자리를 함께한 것이었다. 사망한 회사원 중에는 월급 대부분을 가족에게 송금하는 성실한 20대 중·후반의 스리랑카 외국인 노동자 3명이 포함돼 있어 주위를 더 안타깝게 했다.

정전과 함께 "대피하라!"라는 종업원의 다급한 한마디를 들었을 때 25번 방은 혼란의 도가니에 빠졌다. 이들은 'ㅁ'자 내부 구조를 지닌 노래주점에서 발화 지점 반대쪽으로 탈출을 시도했으나 24번 방과 벽이 닿아 있는 반대쪽 21번 방에도 이미 불길이 치솟고 있었다. 이 부근에서 순간적으로 굉장한 열기를 느끼면서 일부는 뒷걸음질을 쳤는데 여기서 5명이 뒤엉켜 질식사했다. 계속 입구 쪽으로 헤쳐나간 7명 중 3명도 안타깝게 입구 부근에서 쓰러져 숨졌고 4명만 구사일생으로 살아났다.

친구와 연인 사이의 손님 9명이 있던 19번 방에도 사망자 한 명이 나왔는데 이들은 화재 사실을 비교적 빨리 알고 대피를 시작했다. 하지만 제일 먼저 출입문을 빠져나갔던 김기식(사망, 30세, 가명)이 뭔가를 빠뜨렸는지 다시 룸으로 들어갔다가 나오지 못했다.

입구 쪽 3개의 방에는 모두 10명이 있었다. 그중 14번 방의 손님 한 명이 노래방 입구 엘리베이터 앞에서 전화 통화를 하다가 화재 사실을 알고 일행들에게 알렸고, 복도에 연기가 차 있는 위험한 상황 속에서도 옆의 2개 방 손님들에게 화재 사실을 알리고 대피를 시켰다고 한다. 참으로 가슴을 쓸어내리지 않을 수 없는 순간이었다.

건물 6층에 있는 주점도 순식간에 3층에서 올라온 연기로 뒤덮였는데 주점 안에 있던 20여 명은 물에 적신 냅킨으로 코와 입을 가린 채 옥상으로 황급히 대피하기도 했다. 7개월 전에도 노래주점 바로 아래층인 2층에서 누전으로 추정되는 불이 나 내부에 있던 사람들이 긴급 대피하는 소동이 벌어졌었다고 한다. 화재가 난 건물은 평소 화재 예방 관리를 제대로 하지 않았다는 것이다. 서면 시크노래주점 사고 역시 기본을 무시한 안전불감증과 24번 방의 전선 합선에 의한 단락이 참사 원인이었다.

경찰 조사 결과, 화재가 났을 때 업주와 종업원들은 손님들이 안전하게 대피하기 전에 불길을 피해 먼저 노래주점을 빠져나온 것으로 드러났다. 이들 사장과 종업원들은 관할구청의 소방안전교육도 전혀 받지 않았다고 한다.

또한 공동 업주들이 비상구를 불법 개조한 사실까지 밝혀졌다. 비상구 3개 중 2개가 아예 폐쇄돼 유명무실이었다. 1개는 방으로 불법 개조했으며 다른 1개도 술 창고로 사용하고 있었다. 비상벨 역시 오작동을 방지한다며 제어장치를 멋대로 조작해 작동을 차단해놓은 것으로 드러났다. 이후 공동 업주 3명은 업무상과실치사죄 등으로 징역 3~4년을 판결받았다. 또 소방시설을 관리 감독해야 할 부산시도 책임이 있으니 공동 업주들과 함께 유족들에게 19억 7천만 원을 배상하라는 법원의 판결이 내려졌다.

다중이용시설, 건물 화재 시 대피 요령

화재 시 대피 요령 숙지가 중요한 이유

○ 부산 영도구 상하이노래주점 화재, 부산 중구 가나다
  라 실내사격장 화재, 부산 부산진구 시크노래주점 화
  재 등 다중이용시설 화재 시 희생자들은 대부분 질식
  사한 것으로 판명

2014. 5. 27. MBC 뉴스데스크

▶ 박재성 숭실사이버대학교 교수:
화재 사망자의 70~80%가 연기에
의한 질식사이고, 화재 시 발생하
는 연기는 한두 모금만 마셔도 그
자리에서 푹 쓰러지게 된다.

© 부산일보

○ 다중이용시설이나 건물 화재 시에는 내부마감재(스티로
  폼, 천) 연소로 유독가스가 발생하며, 3~4분 내에 산소가
  공급되지 않으면 의식을 잃게 되므로 평소 정확한 대피
  요령을 숙지해야 함

연기 속 완벽한 대피를 위한 전제조건

○ 화재가 적시에 감지되고, 화재경보가 울려야 한다.

○ 시설 내 인원이 경보를 듣고 즉시 대피를 시작한다.

○ 대피하는 사람들은 신속하고 질서정연하게 비상구로 향한다.

건물주, 종업원 등의 행동요령

○ 빌딩, 다중이용시설에 방문하는 사람들은 건물구조나 비상구 위치 등에 대해 잘 알지 못하는 경우가 대부분이므로, 평소 건물주 등이 구조에 대해 숙지하고 있어야 한다.

○ 화재 발생시 큰 소리를 내기보다는 차분한 목소리로 안내해야 한다.

일반적 화재 대피 요령

○ 불을 발견하면 '불이야' 하고 큰 소리를 치거나 비상벨을 눌러 다른 사람에게 알리고, 119에 신속하게 신고하여야 한다.

○ 옥내 소화기나 소화전을 이용해 초기 소화에 힘쓴다.

○ 엘리베이터는 절대 이용하지 않고 계단을 이용하되, 아래층으로 대피할 수 없을 때에는 옥상이나 피난구역으로 대피한다.

○ 방문을 열기 전에 손잡이를 만져보고, 뜨거우면 다른

길을 찾는다.
- 화장실 등 밀폐된 공간은 위험하므로, 외부 출구가 있는 공간으로 이동한다.
- 불길 속을 통과할 때에는 물에 적신 담요나 수건으로 몸과 얼굴을 감싼다.
- 항상 낮은 자세로 대피하고, 연기가 많은 곳에서는 팔과 무릎으로 기어서 이동하되 배를 바닥에 대고 가지 않으며, 한 손은 코와 입을 막아 연기가 폐에 들어가지 않도록 한다.

다중이용시설 등 화재 시 대피요령

- 위 일반적 대피요령 외에 다중이용시설 등 화재 시 특히 주의해야 할 사항은 아래와 같다.
- 다중이용업소(PC방, 식당, 주점 등) 화재 시
  - 건물 구조에 익숙한 안내원의 지시 또는 통로의 유도등을 따라 이동한다.
- 고층빌딩 화재 시
  - 유독가스는 엘리베이터 수직통로나 계단으로 빠르게 이동하기 때문에 방화문을 꼭 닫고 이동한다.
  - 산소공급을 늦추고 화재 속도를 늦추기 위해 출입문을 닫고 대피한다.
- 아파트 화재 시
  - 계단에 연기가 가득해 대피가 곤란하면 베란다의

국제신문

2012년 5월 7일 (월)
03면 사회

입구 노래실서 발화 - 정전·연기 탓에 비상구 못찾고 질식

■ 화재 당시·인명피해 상황

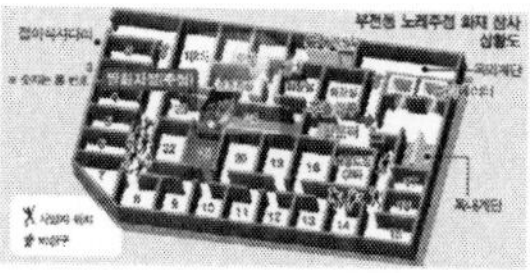

종업원들 자체 진화 시도
불길 못잡자 뒤늦게 신고
매캐한 연기 삽시간에 퍼져
전기까지 나가 암흑천지로
복도에서 차례차례 쓰러져

지난 5일 오후 8시50분께 부산 부산진구 부전동 남도빌딩 3층 시크노래주점에서 일어난 불은 입구 쪽 계산대 바로 옆방인 24번 방과 21번 방 사이 벽에서 시작된 것으로 추정된다. 종업원 이모(21) 씨는 타는 듯한 냄새에 24번 방 문을 열었다. 방 안에서 매캐한 연기가 흘러져 나왔고 삽시간에 불은 사방으로 번지기 시작했다. 당황한 업주 조모(28) 씨와 이 씨 등 종업원 5명이 소화기를 들고 진화에 나섰지만 불길을 잡기에는 역부족이었다.

당황한 이들은 그제서야 119에 신고한 뒤 각 방 문을 열고 손님들에게 "불이 났으니 대피하라"고 알렸다. 당시 상황에 대해 한 여자 종업원은 "불이 나면서 화재 경보음이 울렸지만, 곧 전기가 나가고 경보음도 멈췄다"며 "연기 탓에 한 치 앞도 볼 수 없어 손님들에게 화재 사실을 알리는 데 어려움이 많았다"고 전했다.

이날 화재 당시 550㎡ 규모의 시크노래주점(총 26개 방)에는 5개 방에 30여 명의 손님이 있었다. 종업원들로부터 발화 소식을 듣고 4개 방에 있던 20여 명의 손님은 건물 밖으로 일찍 대피해 피해가 적었다. 그러나 25번 방에 있던 12명은 불이 난 사실을 늦게 알았던 탓에 대부분 참변을 면치 못했다. 친목 모임을 위해 이곳을 찾았던 스리랑카인 제모누(26·기수정밀 소속) … 찾다가 복도 …

… 고 쓰러졌다. 이들은 인근 병원으로 후송돼 응급 치료를 받았지만 모두 숨졌다. 다른 방에 있던 손님 현진영(31) 씨도 밖으로 나오지 못하고 목숨을 잃었다.

… 목숨을 건졌다. 그는 화장실에 가려고 나왔다가 종업원들이 '불이 난 것 같다. 손님을 대피시켜야 하는 것 아니냐'며 대화를 나누는 것을 들었다. 곧장 방으로 들어가 친구들에게 "불이 난 것 같으니 대피 준비를 하라"고 전한 뒤 다시 화장실로 가기 위해 나서는 순간 조명이 꺼지면서 실내가 암흑으로 변했다. 그는 "매캐한 연기 냄새가 나 숨을 참고 출입구로 뛰어 탈출했다"고 긴박했던 당시 상황을 설명했다.

부산시소방본부는 화재 신고를 받고 소방관 150명과 소방헬기 2대, 차량 58대 등을 동원해 진화에 나섰지만 1시간이 지난 밤 10시2분께 가까스로 불을 끌 수 있었다. 시소방본부 관계자는 "노래주점 내부가 미로처럼 복잡한 데다 건물 내부 집기류를 태우면서 발생한 유독가스가 너무 심해 진화에 어려움이 많았다"고 말했다.

유독가스는 건물을 타고 윗층으로도 번졌다. 건물 6층 와인가게에 있던 17명의 손님과 종업원은 독한 가스 탓에 1층으로 내려오지 못하고 옥상으로 대피했다. 이들은 밤 11시 …

● 부산 노래방 화재 8명 사망

화장실 천장서 시커먼 연기 선박회사 동료들 함께 참변

1명 중태… 방화는 아닌 듯

14일 밤 8시24분쯤 부산시 남항동 155-1 …층짜리 건물 지하 1층에 있는 …노래방에서 화재가 발생해 내부에 있던 8명이 숨지고 1명이 중태에 빠졌다. 사망한 8명은 유독가스에 질식돼 숨진 것으로 알려졌다. 사망자는 …

… 진화작업에 나섰으며 밤 9시50분쯤 완전히 진화됐다.

경찰은 "목격자들이 '지하 1층 노래방 화장실 천장에서 시커먼 연기가 새어 나왔다'고 진술하고 있다"며 "방화일 가능성은 낮으며 현재 정확한 화재 원인을 수사 중"이라고 밝혔다.

소방서 관계자는 "사망자 중 6명은 룸에, 3명은 비상구 근처에 쓰러진 채 발견됐다"며 "마감재가 타면서 발생한 유독가스 때문 …

A8 · 부산 실탄사격장 화재 · 조선일보

출입구까지 10m도 안되는데 '대형 참사'

일반화재라면 탈출 가능
실탄 1만6000발은 안터져
CCTV에도 화재순간 없어

사망 및 부상자 명단

비상탈출구(경량칸막이)를 파괴 후 옆집으로 대피한다.

- 산소공급을 늦추고 화재 속도를 지연시키기 위해 출입문을 닫고 대피한다.

○ 지하철 역사 내 화재 시

- 역무원이나 소방관의 안내, 벽면에 부착된 유도등을 따라 이동한다.
- 가급적 화재 발생 장소의 반대 방향으로 대피한다.
- 통로에 연기가 많아 대피가 불가능할 경우 선로 쪽으로 대피하되, 열차의 진입에 유의한다.
- 터널 내 이동 시 레일 중앙이 아닌 좌우 주변을 따라 이동한다.

○ 지하철 열차 내 화재 시

- 역무원 등의 안내에 따라 노약자, 어린이, 부녀자 등을 우선 대피시킨다.
- 선로에 내릴 때에는 다른 열차가 오는지 주의하여야 한다.

16
돈 많은 회장님

남을 속이는 비양심의 렌즈를
눈에 덧대고 세상을 바라보던 이들의
최후는 결국 세상과 격리될 수밖에
없었다.

"오마나, 회장님 오늘은 신수가 더 훤하시네요. 이것 좀 드셔보세요. 갓 삶아서 아주 맛이 좋을 거예요."

"허허허 미시즈 장, 내가 이 맛에 다른 델 못 간다니까 하하하."

수정식당 주인 장복자(54세, 가명)는 눈웃음을 쳐가며 회장으로 불리는 정탁수(63세, 가명)에게 수육이 담긴 접시를 내밀었다.

"아유, 회장님 다른 데 가시면 안 되지요. 이렇게 회장님 입맛에 딱딱 맞춰 내놓는 곳은 여기밖에 없을걸요."

"아 그래그래 그건 내가 장담하지. 미시즈 장 음식 솜씨 아무도 못 따라가요. 김이 모락모락 나는 게 아주 기가 막히겠는데. 고마워요."라고 말하며 정탁수는 급히 지갑에서 만 원권 몇 장을 뽑아 장복자의 손에 쥐어주었다.

"옴머 옴머 회장님 매번 이러시면… 아유 어떡하면 좋아."

"어떡하긴, 내가 올 때마다 이렇게 맛있는 음식을 해주면 그만이지. 내 성의니 아무 말 말고 그냥 넣어둬."

"회장님 말씀대로 하세요. 우리 회장님 일 하시다가도 가끔 수정식당 수육이 생각나네, 하시거든요. 하하하."

늘 가방을 들고 회장을 따라 다니는 비서 신창호(60세, 가명)가 정탁수의 뒤를 이어 말했다.

장복자는 자신의 음식 솜씨를 입에 침이 마르도록 칭찬하고 팁까지 두둑하게 챙겨주는 정탁수를 사나이 중의 사나이, 회장 중의 회장이라고 생각하고 있었다.

"회장님, 오늘은 다른 사장님들 안 오세요? 요즘 뜸하신 것 같아서…."

장복자의 말에 신창호가 얼른 대답했다.

"아 그렇지 않아도 며칠 후에 모이실 겁니다. 회장님의 유일한 취미인데 요즘 너무 일만 하셔서 제가 자리를 마련했습니다."

"허허 내가 워낙 사람이 모자라다 보니 취미거리도 변변치가 않아."

"어머, 회장님 모자라다니요, 그런 말씀 마세요. 회장입네 사장입네 하면서 골프나 치러 다니고 춤바람 나서 흥청망청하는 사람들에 비하면 회장님은 정말 신사지요."

장복자는 정탁수가 가끔 자신의 안방에서 화투를 칠 수 있도록 자리를 마련해주었는데 그때마다 커피나 술 심부름을 하며 식당 하루 매상보다 더 많은 팁을 챙길 수 있어 정탁수가 화투판을 벌일 때마다 속으로 쾌재를 불렀다.

"그런데 회장님 해운상선 김 회장 말씀인데요. 이번에 투자를 하게 해달라고 계속 전화를 걸어 오는데 어떻게 할까요?"

"아 뭘 그 사람까지 투자를 하겠다고 그러는지 모르겠네. 얼마나 하겠다는데?"

"예, 한 다섯 장 정도 하실 것 같습니다."

카운터에서 가까운 곳에 자리를 잡은 정탁수와 신창호는 장복자에게 들리도록 일부러 큰 소리로 사업 이야기를 시작했다.

"이번 건은 투자만 하면 바로 두 배 아닙니까. 평소 사회에 봉사하고 양심적인 기업가들 몇 분만 모시는 게 좋을 것 같습니다."

"그래 내 생각도 그렇다네. 돈 많은 사람들이 얼마나 돈을 더 벌고 싶어 그러는지 원."

다른 일을 하는 척하며 정탁수와 신창호의 사업 이야기를 모두 듣고 있던 식당주인 장복자가 슬며시 그들에게 다가왔다.

"저어 회장님 회사에 투자하려면 아무나 못 하는 거지요?"

장복자의 말에 비서 신창호가 마치 기다렸다는 듯이 "아무나 못 하긴 왜 아무나 못 합니까. 아무나 할 수 있습니다. 돈 많은 분들이 투자를 못 해 안달을 하니 저희가 꺼리는 거지요."라고 대답했다.

"아유 그런가요? 근데 저 같은 사람은 힘들겠지요. 돈도 그렇게 많지 않고…."

"돈이 얼마나 있으신데요. 저희는 오히려 이런 선량한 분들의 돈을 불려주는 걸 기쁘게 생각하고 있습니다. 저희 같은 회사를 몰라서 투자를 못 하시지요."

"저는 한 오천만 원 정도…."

"아, 가능합니다. 두 달 뒤에 두 배인 일 억이 사장님의 통장으로 입금될 겁니다."

신창호의 말을 들은 장복자의 얼굴에 화색이 돌았다.

"야호! 저도 투자할 수 있다는 거지요? 이렇게 감사할 데가 있나. 어떻게 하면 되지요? 통장에 돈을 입금할까요?"

"아닙니다. 내일 모레 김 사장님 이 사장님이랑 몇 분이 모여 노실 텐데, 그럼 그때 준비해놓으세요."

이틀 뒤, 장복자는 정탁수 회장 일행이 편안하게 화투를 즐길 수 있도록 만전을 기해 준비했다. 두 달 뒤 자신에게 생길 일억을 생각하면 아무래도 꿈을 꾸고 있는 것 같았다. 정 회장 같은 사람을 만나게 된 건 자신의 복이자 일생일대의 행운이라는 생각까지 들었다.

"아, 오늘 회장님 일진이 안 좋네요. 여기 은행이 어디 있습니까?"

정탁수의 비서 신창호가 방 안에서 나오며 푸념을

했다.

"왜요? 회장님이 다 잃으셨어요?"

"네, 워낙 순진한 분이라 딸 때보다 잃을 때가 더 많습니다. 사람이 약지를 못 해요."

"에고 저런… 쯧쯧."

"참 사장님, 오늘 투자금 준비해놓으신 거 있지요? 제가 잠시 후 은행에 가서 돈 찾아드릴 테니 급한 대로 그거라도 좀 빌려주세요. 판은 돌아가야 되니까요."

"아 그러세요. 어차피 오늘 회장님께 드리려고 준비한 돈이니…."

오천만 원이 든 돈 가방을 내 준 장복자는 그 자리에서 이자로 50만 원을 받았을 뿐 아니라 커피와 과일을 들고 방에 들어갈 때마다 정탁수에게서 만 원짜리 몇 장씩을 건네받았다. 그런데 돌아가는 화투판의 모양새가 정탁수에게 영 불리하게 돌아가고 있었다. 정탁수의 옆에 앉은 고창진(67세, 가명)이 거의 판돈을 휩쓸고 있었다. 고창진은 돈을 딸 때마다 옆의 가방 안에 차곡차곡 넣었다. 장복자는 자신이 빌려준 돈이 들어간 고창진의 가방을 슬쩍 훔쳐보다가 밖으로 나왔다.

"에고 회장님이 또 돈을 다 잃고 있던데요. 어떡하지요?"

밖에서 담배를 피우고 있던 정탁수의 비서 신창호에게 장복자가 안타까운 듯 말했다.

"아 뭐, 괜찮습니다. 회장님이 그만한 돈에 연연하실 분입니까. 놀이로 하시는 건데요 뭐."

"그래도 그렇지 돈 잃고 속 좋은 놈, 아니 사람 없다고…."

장복자는 마치 자신이 돈을 잃은 듯 내내 속이 쓰렸다. 잠시 후 방에서 놀이를 하던 사람들이 하나둘 밖으로 나와 뿔뿔이 흩어지고 정탁수가 장복자를 향해 말했다.

"미시즈 장, 저 방 안에 고 사장 돈 가방이 있으니 잘 보관하고 있어요. 내가 돈 찾아서 우리 신 비서에게 보낼 테니. 신 비서는 은행에서 돈 찾아 미시즈 장 드리고 고 사장 돈 가방 찾아서 갖다 드려."

"네, 회장님, 알겠습니다. 차질 없이 처리하겠습니다."

다른 때보다 더 깍듯하게 신 비서가 정탁수에게 머리 숙여 인사했다.

그렇게 돈을 찾으러 은행으로 간다던 신 비서는 두 시간이 지나도 오지 않았다. 밖을 내다보며 애타게 신 비서를 기다리던 장복자는 이상한 생각이 들어 방 안으로 뛰어 들어갔다. 급하게 돈 가방을 열었다. 가방을 열어 본 장복자는 순간 머리를 망치로 세게 맞은 듯 뒤로 털썩 주저앉고 말았다. 분명 고창진이 돈을 딸 때마다 차곡차곡 쌓던 가방이었는데…. 가방 안에는 돈이 아닌 신문지만 가득 들어 있었다.

신고를 받은 김 반장은 전형적인 사기도박단의 소행임을 직감했다. 돈이 든 가방을 뒷문으로 빼돌린 후 신문지가 든 가방을 맡겨두고 달아난 사람들은 모두 정탁수와 공모자들이었다. 그들 일당은 식당, 모텔 등을 여자 혼자 운영하는 곳만을 골라 범행 대상으로 삼았다. 일명 전주라 불리는 도박자금 제공자 및 범행 총괄자, 범행 대상을 선정하는 물대기, 바람잡이 역할을 겸한 비서, 화투칠 때 돈 많은 회장 역할을 하는 바지 사장, 일명 일꾼으로 불리는 사장 등 그들은 각자 역할 분담을 한 후 위장도박판을 벌여 돈을 빌리고 이자와 웃돈까지 얹어주어 2~3일간 환심을 산 다음 거액을 준비하도록 유도하여 돈을 절취하는 자들이었다. 이들은 지명수배 중에 여자 혼자 있는 식당을 골라 또다시 같은 수법으로 범행을 저지르다 모두 검거되었다. 그들의 전적은 화려했다. 모두 특수절도 및 사기 범죄가 평균 10범이 넘는 전과자들이었다.

　　음주가무를 즐기고 흥이 많은 우리나라 사람들은 두서너 명만 모여도 곧잘 화투판을 펼치곤 한다. 명절에 모인 친척들도 마땅한 놀이를 찾지 못하고 화투놀이를 다반사로 즐긴다. 이렇듯 화투나 카드를 단순한 놀이 수단으로 여긴 탓인지 지인들이 모여 아무 거리낌 없이 상당액의 내기 돈을 걸고 즐기기도 하는데 일시적인 오락의 경계를 넘어선다면 이는 도박이며 처벌을 받는 범죄

행위이다. 도박판에서 사기도박으로 거액을 잃은 경우에도 사기도박이라는 것이 입증되지 않으면 피해자 역시 처벌을 받거나 돈을 영영 되찾지 못하게 될 수도 있다는 사실을 알아야 한다.

사기도박의 경우 그 피해 형태도 매우 다양하다. 도박장을 드나드는 사람들에게 접근하여 향정신성의약품을 음료에 넣어 마시게 한 후 정신이 혼미해진 틈을 이용해서 수중의 돈뿐 아니라 은행 잔고가 바닥날 때까지 계속 도박을 하도록 이끄는 수법에서부터 도박판에 몰래카메라를 설치한 후 가까이에 주차해둔 차량 안에서 패를 읽어 공범에게 무선진동기로 신호를 보내는 수법, 동일한 장소에 몇 대의 컴퓨터를 설치하고 이름을 달리한 여러 개의 아이디로 인터넷 게임방에 접속한 뒤 패를 보며 상대방을 속여 게임머니를 따고 이를 환전하는 인터넷 사기도박 등 다양하다.

김 반장은 이들 사기도박단과 더불어 24억 원대의 사기도박용 카드·화투·특수렌즈를 전국으로 유통시킨 밀매단을 검거했다. 지금까지 현장을 급습하여 사기도박을 하고 있던 사람들을 검거한 경우는 있었으나 이렇게 장비를 대량으로 만들고 있는 비밀공장을 찾아내어 제조책, 총책, 지역판매책 등을 일망 타격 검거한 경우는 없어 사기도박단 수사의 쾌거를 이룬 경우였다.

경기불황으로 자금난에 빠진 피의자들이 쉽게 돈을

벌 수 있다는 충동으로 사기도박장을 열면서 사기도박에 필요한 장비들을 필요로 하자 약품기술자, 카드기술자, 화투기술자 그리고 지역별 판매책들이 모여 전국 규모의 '사기도박용 카드·화투 제조 및 밀거래단'을 결성했다. 이들은 오피스텔 한 채를 세내어 컴퓨터, 인쇄기, 건조대 화공약품 등을 비치한 이른바 비밀공장을 운영했는데 도매상으로부터 구입한 일제 정품카드와 화투에 숫자 그림 등을 표시한 후 특수형광물질을 입혀 인쇄하는 방법으로 사기도박용 장비를 제작했다. 그야말로 특수 렌즈를 눈에 착용하고 봤을 때만 감지되는 도박 장비였다. 이렇게 만든 카드와 화투에 표시한 숫자와 그림 등은 특수렌즈를 이용해 볼 수 있었다. 렌즈카드, 렌즈화투는 이렇게 해서 붙은 이름이다.

도박사기단의 비밀공장에서 특수 형광물질로 인쇄된 속칭 사기도박용 렌즈카드 24,000통, 화투 10,000통, 특수렌즈 3,000세트는 점조직 판매망을 통해 사기도박이 벌어지고 있는 전국 일원으로 퍼져나갔다.

판매총책 김철민(54세, 가명)은 전국의 7개 지역 중간책에게 이를 공급하는 한편 인터넷이나 하부 점조직망을 통해 도박용품 한 세트당 30만 원(카드 또는 화투 한 통 5만 원, 특수렌즈 한 세트 25만 원으로 구성)을 판매하는 등 24억 원 상당의 물건을 불법으로 유통시켰다.

예부터 눈이 구백 냥이라고 했다. 세상을 볼 수 있는

시력을 잃는다는 것은 사람이 사람답게 살 수 있는 신체적 조건을 잃는 것이다. 약해진 시력을 대신해 세상을 환하게 볼 수 있도록 제조된 렌즈. 하지만 사기도박단이 제조한 렌즈는 흐리고 불투명한 세상을 환하게 볼 수 있도록 해주는 제대로 된 눈의 역할을 하지 못했다. 남을 속이는 비양심의 렌즈를 눈에 덧대고 세상을 바라보던 이들의 최후는 결국 세상과 격리될 수밖에 없었다.

압수한 카드와 화투

완성된 카드에 가변광원기(자외선)를 비치자 나타난 숫자 · 그림 표시

완성된 화투에 가변광원기(자외선)를 비치자 나타난 숫자 · 그림 표시

사기도박 예방 및 대비

○ 도박은 원칙적으로 처벌되는 범죄행위이므로, 가급적 자제함이 바람직

※ 형법 제246조 제1항: 도박을 한 사람은 1천만 원 이하의 벌금에 처한다. 다만, 일시오락 정도에 불과한 경우에는 예외로 한다.

> 일시오락의 판단기준: 대법원 84도194호 등 판례
>
> ▶ 가담자들의 친분관계, 도박의 시간과 장소, 도박을 하게 된 경위, 가담자들의 사회적 지위나 재산정도, 도박으로 인한 이득의 용도, 도박에 건 재물이나 재산상 이익의 가액 등을 종합적으로 고려

○ 사기도박 피해를 주장하더라도 사기도박임이 입증되지 않으면, 단순 도박으로 인정되어 피해자 역시 도박죄로 처벌될 수 있음

최근 사기도박 주요 사례

○ 기존의 사기도박은 소위 '타짜'들의 손놀림, 눈속임에 의한 것이거나, 여러 명이 미리 짜고 한두 명을 표적으로 삼아 몰래 수신호를 보내는 방법으로 돈을 따는 '짱구' 수법에 의한 것이 대부분이었으나, 최근 사기도박은 첨단장비를 이용하며 조직화, 지능화됨

마약류 활용 사기도박

> **2010. 5. 10. 연합뉴스**
>
> ▶ 카지노 출입자인 피해자에게 접근, 인근 식당으로 유인하여 커피에 향정신성
> 의약품을 넣어 마시게 한 뒤, 정신이 혼미해진 틈을 타서 은행의 잔고가 바닥 날
> 때까지 도박을 계속하도록 부추기는 등의 수법으로 3,500만 원 상당 편취

몰카 이용 사기도박

> **2012. 4. 6. 연합뉴스**
>
> ▶ 몰래카메라를 바카라 테이블에 설치해 50여 미터 떨어진 차량에서 카드영상
> 을 본 뒤 유리한 패가 나오면 테이블에서 게임 중인 공범에게 무선진동기로 신호
> 를 보내는 수법을 이용해 10억 원 이상 편취

인터넷 사기도박(짱구 수법)

> **2014. 3. 20. SBS**
>
> ▶ 같은 장소에 있는 여러 대의 컴퓨터와 여러 개의 아이디로 같은 게임방에 접
> 속한 뒤 패를 보면서 상대방을 속여 불특정 다수에게서 게임머니를 따고 이를 환
> 전하는 수법으로 6억 원 상당 편취

목렌즈, 목카드 이용 사기도박

> **2014. 3. 26. 한국경제**
>
> ▶ 현직 고교 교사가 포함된 일당 4명이 뒷면에 형광물질이 묻은 카드와 이를 볼
> 수 있는 특수 제작 렌즈를 이용해 2억 원 상당 편취

'먹튀' 불법 스포츠토토

> **2013. 8. 31. MBC**
>
> ▶ PC나 스마트폰을 이용해 한 판에 최대 수백만 원을 걸 수 있는 불법 스포츠
> 토토 사이트를 개설하고, 판돈을 입금받은 후 사이트 도메인을 바꾸거나 아이디
> 를 강제 탈퇴시키는 방법으로 '먹튀'

사기도박 대비책: 도박은 일시오락으로만!

- 최근 사기도박은 첨단 장비를 동원해 조직적·계획적으로 이뤄지고 있으며, 피해자가 사기도박임을 인지하지 못하는 경우도 다수임
- 설령 피해자가 사기도박임을 인지했다고 하더라도, 확실한 근거 없이 막연하게 '돈을 잃었기 때문에 사기도박일 것'이라고 추정하는 정도이고, 현장에서 몰카, 목카드 등 장비를 적발하지 않는 이상 사기도박임을 입증하기 어려움
- 도박은 원칙적으로 처벌의 대상인 범죄 행위이며, 도박에서 돈을 따는 경우는 없다는 점을 유념하고, 하지 않는 것이 가장 바람직함
- 불가피하게 도박을 하게 될 경우 자신의 소득, 판돈의 규모 등을 고려해 일시 오락의 정도를 넘어선다면 즉시 중지해야 함
- 특히, 도박장에서 권하는 음료나 커피, 주류를 마시지 않아야 함
- 인터넷 도박 사이트(특히 스포츠 도박)의 경우, 판돈을 입금받고 실제 수익을 돌려주지 않거나 돈을 딴 것처럼 가장해 계속해서 입금을 유도하고 사이트를 폐쇄하는 '먹튀' 사이트가 많으므로 접속하지 않는 것이 바람직함

조선일보 — 첫 번째 기사

A10 2009년 3월 19일 목요일 52판 **사건과 사고** 제27440호 조선일보

70대 노인에 사기도박, 30억 가로채

서울서부지검은 18일 혼자 사는 70대 재력가에게 접근해 마약이 든 음료수를 먹여 정신을 혼미하게 한 뒤 사기도박을 벌여 2년간 30억원을 가로챈 혐의로 장모(여·62)씨와 정모(여·59)씨를 구속했다.

검찰에 따르면, 장씨 등은 지난 14일 오후 7시쯤 서울 용산구 이촌동의 모 아파트에서 A(74)씨와 고스톱을 치다가 A씨에게 필로폰을 탄 음료를 권했다.

A씨가 음료수를 마신 뒤, 장씨 등은 도박판의 화투 패를 미리 준비한 조작된 화투 패로 바꿔치기해 판의 돈을 딴 혐의를 받고 있다. 장씨 등은 같은 수법으로 지난 2007년부터 최근까지 A씨로부터 40차례에 걸쳐 30억8000만원을 가로챈 것으로 보고 있다.

검찰 조사 결과, 장씨 등은 초면인 A씨를 꾀어 상습 A씨에게 접근해 화투 산 뒤 도박판에 끌어들인 것으로 나타났다.

이인혁 기자 redsvill@chosun.com

조선일보 **사회** 2003년 2월 28일 금요일 42판 제25563호 A9

필로폰음료 몰래 먹여 혼빼놓고…
미인계로 한눈 팔때 카드 '쓱싹'

사기도박단 '돈따는 법'

37억 챙긴 7개조직 적발

작년 10월 서울 강남의 고급빌라, 한 판에 수천만원이 쌓이는 수억원대 도박판이 벌어졌다. 전문 사기도박단 '흥 회장단'에 의해 '설계'된 자리인 줄도 모르고 도박판에 낀 중소기업체 사장 박모(43)씨, 증권업자 최모(51)씨는 판마다 돈을 잃었다. 두 사람을 도박판에 …로 고용, 피해자들을 도박판으…

…사기도박과 사기골…억8500만원을 가로챘…다.

…기도박에 이용한 조…부산을 거점으로 한…중소기업체 사장 노…씨(65세)씨부터 작년 6월…폰을 하면서 판단력을 흐리게…여 판단력을 흐리게…후 29억8000만원을…

…등 2개 조직은 실제…화원을 보유하는…사기, 피해자들의 …, 경찰은 밝혔다.

jhchoi@chosun.com

A12 2013년 10월 1일 화요일 **사회** 제28847호 조선일보

영화 같은 '강남 타짜'

미인계 동원하고 밑장빼기·특수마킹 카드… 5억7000만원 속여 딴 사기도박단

"도박 세계에서 내가 대학생이라고 한다면, 공립(工業)들은 초등학생에 불과합니다."

30일 오전 서울 종로경찰서에서 기자들 앞에 선 '타짜' 배모(64)씨는 당당했다. 때때는 특별한 직업이 없었지만 서울 강남구 삼성동 6억원대 아파트에서 생활하면서 마트세와 벤츠 승용차를 번갈아 몰았다. 최병씨는 "배씨는 전국에서 다섯 손가락 안에 드는 타짜"라며 "밑장 빼기(카드 더미의 밑장을 빼서 원하는 패를 얻는 기술)와 단장업(손가락을 원하는 대로 카드 순서를 맞추는 것) 같은 고급 기술을 마음대로 구사했다"고 진술한 것으로 전해졌다. 그는 강남 사기 도박단에서 '기술자' 역할을 하면…

의사, 증권 회사 간부, 전자 대용 회사 사장 등을 속여 9억7000만원 가량을 딴 혐의를 받고 있다.

이날 송파누는 '총책·기술자(타짜)·선수' 형태로 조직을 구성, 지난 1월부터 최근까지 부유층을…

의사·사업가 등 부유층 물색
내기골프나 여성 소개팅 접근

대상으로 12차례 이상 사기도박을 벌여 수십명의 피해를 안겨준…

들 치거나 미모의 여성을 소개해서 환심을 얻은 후 '카드나 한번 치지'는 식으로 사기 도박판에 끌어들였다. 털랑은 '축젯·사기 도박 대상자'를 물색해야 고액 돈을 회정하는 '기술자', 바람을 잡으며 같이 도박에 가담하는 '선수'로 역할을 분담했다. 판 돈은 총책이 40%를 가져가고, 기술자·선수들이 30%씩을 배당받았다. 이들은 특수 같은 타짜들을 동원한 도박으로 9억7000만원을 따는 데 성공했다.

지난 3월 사기 도박단 박모(59)씨 등 3명이 피해자 김모(57)씨와 함께 카드 도박을 하고 있다.

경찰 수사 대…큰 필로폰과 다른 마약 5~6종류를…앗건, 범행에 따라를 했는지도 수사하고 있다.

총책 방씨와 선수 이모씨는…

A12 2012년 4월 26일 목요일 **사회** 종 제28222호 동아일보

국과수 "카드박스 몰카, 모든 패 볼수있다"

■ 강원랜드 사기도박 수사

몰래카메라를 이용한 강원랜드 카지노 사기도박 수법의 골자가 드러났다. 강원 정선경찰서는 25일 "사기도박에 사용된 몰카 설치 카드박스를 국립과학수사연구원에 경찰감정을 의뢰한 결과 몰카를 통해 6, 7장의 카드 패를 미리 판독할 수 있다는 취지의…

메라가 카드를 읽을 수 있도록 틈을 벌려주고 LED등은 밝기에 따라 자동 점등돼 카드 패를 볼 수 있는 밝기를 유지시켜주는 역할을 했다. 이 카드박스는 리모컨을 통해 전원을 자동으로 조작할 수 있는 것으로 알려졌다.

경찰은 카메라나 카드 패를 읽어 외부로 송신하면 외부에서 이를 판독…

들을 병행으로 고용했다.

경찰은 이 장치와 송수신 거리를 50m 정도로 추정해 외부 갈림이 카지노장 인접 도로에 주차한 차량이나 카지노호텔 객실에서 모니터를 통해 카드 패를 판독했을 것으로 보고 있다.

경찰 관계자는 "영상신호를 송출하면 아날로그 TV를 통해 흑백 화면으로 볼 수 있는 것으로 국과수 감정 결…

209

17
보험사기 사건

갈수록 지능적인 신종 보험
사기꾼들이 늘고 있다. 그들은
수고로운 노동으로 버는 돈과 자신의
몸에 상처를 내고 양심을 내던져
벌어들인 돈의 차이를 모르는
어리석은 이들이다.

엽기 일가족 보험 사기단

"야, 살살 해 살살. 아후, 또 병원 입원한다 생각하니 벌써부터 몸이 근질거려."

"언니, 조금만 참아. 돈 벌기가 쉬운 줄 알아. 내 실력을 믿으라고."

잠시 후 아아악 소리와 함께 두 자매의 킥킥대는 웃음소리가 거실에 울려 퍼졌다. 골절 기술자 이순애(38세, 가명)는 언니 이정자(41세, 가명)의 멀쩡한 코를 교묘하게 망치로 부러뜨렸다.

"어휴 또 입원하러 오셨네요. 집안에 불상사가 많습니다."

코뼈가 부러진 이정자 자매와 그의 오빠 이창수(52세, 가명)를 맞는 의사가 빙그레 웃으며 능청스럽게 말했다.

"네 선생님, 저번에 저희 형부 허리 수술을 아주 잘해주셔서 고맙습니다. 이번에도 잘 부탁드려요."

"아 뭐 의사로서 당연한 거 아닙니까. 걱정 마세요."

"아휴, 고맙습니다. 선생님, 사례비는 넉넉하게 드리겠습니다."

이창수가 넙죽 고개를 숙이며 말했다.

"아니 무슨 사례비입니까. 어디까지나 치료비입니다."

"아, 네 선생님 제가 실수를…. 치료비요, 하하하."

여동생을 입원시킨 이창수는 바로 보험사에 전화를 걸어 동생이 코뼈가 부러져 병원에 입원했으며 곧 수술을 받아야 한다고 알렸다. 더불어 수술을 하면 받게 될 보험료가 얼마인지 확인하며 혼자 빙그레 웃었다.

이창수는 여동생들을 뒤에서 조정하며 보험금을 타내기 위한 범죄의 총괄지휘를 맡고 있었다. 그 후 이들 남매는 일부러 부러뜨린 코뼈 수술비와 치료비, 장기간 입원비 명목으로 보험사들로부터 거액의 보험금을 타냈다.

불과 두 달 전에 이정자의 남자 친구 김석두(43세, 가명)는 칼에 베인 이마의 상처와 허리 수술 때문에 이 병원에 입원했었다. 피하지 못할 사연이 있었던 것이 아니라 보험금을 타내기 위해 일부러 만든 부상이었다. 자해의 대가로 이들이 보험사로부터 수령한 돈의 액수는 자그마치 5억 원이었다.

여동생 이정자가 퇴원할 즈음 이창수는 보험금을 타내기 위한 또 다른 일(?)을 구상하고 있었다.

"자갸, 우리 등산 가자."

이순애는 자신의 동거남 박동진(41세, 가명)에게 느닷없이 등산을 가자고 제의했다.

"등산, 뜬금없이 무슨 등산이야?"

"아, 글쎄 잔말 말고 어서 옷이나 챙겨 입어. 머리 좋은 오빠가 또 꾀를 생각해냈지 뭐야. 일이 성공하려고 그러는지 어젯밤 꿈에 산신령이 나타나 은팔찌까지 줬단 말이야. 필시 돈이 들어올 징조야. 가면서 내가 돈이 어떻게 들어오는지 이야기해줄게. 호호호."

그들은 자신의 집에서 가까운 곳에 위치한 산으로 향했다. 이순애는 산으로 가는 도중에 자신의 동거남에게 보험금을 챙길 수 있는 방법을 차근차근 이야기했다. 이미 자신의 오빠에게 지시받은 바가 있는 이순애는 막힘 없이 앞으로의 계획을 설명했다.

"알았지? 그렇게만 하면 몇 억이 또 들어온다니까. 우리 이번 일 끝나면 유럽 여행이나 다녀오자."

"근데 우리 식구 너무 자주 입원하는 거 아니야? 꼬리가 길면 잡힌다니까."

"아 정말 일 시작하기도 전에 초를 치시네, 초를 쳐. 자기들이 봤어? 어떻게 알겠어. 지금까지 잘해놓고 왜 이래. 걱정 붙들어 매셔!"

이순애는 신이 나서 산의 진입로를 향해 빠르게 걸음을 옮겼다. 그들은 범행을 저지르기 위한 적당한 장소를 물색하면서 산으로 올라가고 있었다. 20분쯤 산으로 올라가던 이순애가 자신의 동거남 박동진을 향해 외쳤다.

"자기야, 여기가 좋겠어. 자기가 먼저 올라가고 내가

뒤따라가고 있었는데 내가 이 바위를 뛰어넘을 때 자기가 내 손을 잡아준 거야. 그러다 손을 놓치면서 중심을 잃고 둘이 이 밑으로 굴러 떨어진 거지. 듣고 있는 거야? 서로 말이 잘 맞아야지…."

"알았어, 어디 한두 번 해 본 장사야."

등산 가서 굴러 떨어진 환자가 되기 위해 이순애는 이마와 양 뺨에 10센티미터 가량 상처를 내고 박동진은 손가락을 부러뜨렸다.

"아야야야, 자기야 진짜 아프다."

"야, 말도 마. 난 진짜 죽을 것 같아. 생 손가락을 부러뜨렸는데 얼마나 아플지 생각해봐라. 아후, 진짜 이거 아파 죽겠다야."

박동진과 이순애는 척추 수술을 받기 위해 바위와 나무에 자신의 등을 세게 부딪치기까지 했다.

동거남과 산으로 간다는 여동생의 말을 들은 이창수는 그들의 전화를 받기 위해 대기하고 있었다.

"오빠, 우리 등산 갔다가 굴러 떨어져서 큰 부상을 당했어. 119에 연락했는데 오빠도 빨리 좀 와줘."

여동생 이순애는 옆에 누가 있기라도 한 것처럼 천연덕스럽게 오빠 이창수에게 전화를 해왔다. 일을 끝냈다는 여동생의 연락을 받은 이창수는 급히 그들이 있는 장소로 달려가 출동한 119 대원들에게 이순애와 박동진을 응급 조치하게 한 후 자신이 미리 섭외해놓은 병원으로 데리고 가서 척추수술 등 여러 가지 치료를 받도록 했다. 이후 수술비와 장기간 입원비로 이들이 보험사로부터 받아낸 금액은 무려 4억 3,000만 원에 달했다.

손가락이나 코뼈를 일부러 부러뜨리고 멀쩡한 척추를 수술받는 등 엽기적인 이들 일가족의 보험사를 상대로 한 범행은 5년간이나 지속되었다. 그들의 범행을 도운 의사 등 이들 일당이 5년간 보험사로부터 지급받은 금액은 30억 원에 달했다. 꼬리가 길면 잡히는 법. 이들 엽기 가족의 너무 잦은 입원과 수술 등을 이상하게 여긴 보험사 직원들의 신고와 경찰의 세밀한 조사로 이들의 범행은 드러나고 말았다. 이순애가 꿈에서 받은 산신령의 은팔찌는 결국 그들의 범행을 차단할 수갑이었던 것이다.

자동차 보험 사기

"야, 이거 봐. 내가 알아봤는데 운전자들이 상습적으로 불법 유턴하는 지역이 여기 동그라미 표시한 지역들이야."

중고자동차 매매업을 하는 박성준(26세, 가명)이 그의 친구 김동수(26세, 가명) 앞에 여기저기 빨간색 동그라미 표시를 한 지도를 펼쳤다.

"여기 이 별 표시는 뭐냐?"

"아, 이건 여기 프리미엄 킹덤 아파트 있잖아. 이 앞에서 울산 가려면 이렇게 한참 돌아가야 되잖아. 그런데 이쪽 역방향으로 한 3미터 정도만 주행하면 바로 대천 램프 진행이 되거든. 그래서 여기 사는 사람들이 역주행을 수시로 한다는 정보야."

"그럼 여기가 편하겠네. 불법유턴 지역은 명수랑 많이 했다면서."

"흐흐 그렇지. 운전자 보험 덕을 톡톡히 봤지."

"야, 불법유턴 지역은 명백하게 네 잘못인데 자동차보험에서 보험금을 어떻게 그렇게 많이 받았냐. 이해가 안 된다."

"아 이런 맹추, 자동차 보험이 아니고 운전자 보험이라니까 그러네. 운전자 보험은 법률방어비용이라는 명목으로 보험금을 지급하거든."

"법률방어비용?"

"그래, 인마, 명백한 잘못을 해야 돈이 나오는 보험이야."

"이야─ 세상에 그런 보험이 있어?"

"이런 깜깜이. 중앙선 침범을 하거나 신호위반, 속도위반 뭐 이런 형사입건되는 항목이 있잖아. 그걸 위반해서 내가 철창신세를 지는 거지. 그럼 보험사에서 합의금, 벌금, 변호사 비용까지 물어주는 거야."

"야, 그럼 넌 바로 전과자가 되는 거잖아."

"그렇지, 전과자가 문제냐. 일만 성공하고 나면 돈이 빵빵하게 들어오는데."

박성준은 이미 교차로 등에서 신호위반 등으로 고의적인 사고를 야기한 후 경찰서에 입건된 전적이 꽤 있었다. 형사 입건이 되고 난 후 그가 보험사에서 수령한 금액은 자동차 보험 480만 원, 운전자보험 1,000만 원이었다.

그는 각 보험사별로 2~3개씩 중복해서 보험을 가입했다. 자동차보험금은 대물피해와 치료비 명목으로 100만 원에서 150만 원이 지급된 반면 운전자보험금은 보험사별로 합의금, 변호사비, 벌금 등의 명목으로 300만 원에서 500만 원의 많은 보험금이 나왔다. 또한 자동차 보험의 경우 보험금을 타기 위해서는 병원에 입원을 해야 하는 번거로움이 따르지만 운전자 보험의 경우 사고 접수만 하면 고액의 방어 비용이 지급되었다.

박성준은 이 점을 노리고 같은 업종에 종사하는 사회 친구 이명수(26세, 가명)와 함께 시나리오를 작성하고 역할 분담까지 정해서 일부러 사고를 유발했다. 그런 후 싸우는 척하며 가해자와 피해자로 경찰서에 접수해 많은 보험금을 수령했다. 경찰이나 보험사의 의심을 사지 않기 위해 사고 후 서로의 핸드폰으로 연락을 취하지 않는 등 철저히 사전에 계획된 범죄를 저질렀다.

보험금을 수령하는 것에 재미가 붙은 박성준은 이번

에는 또 다른 친구 김성수와 일을 계획하고 있었다. 바쁜 출근시간대에 정상적인 도로보다 시간이 단축되는 도로를 이용하기 위해 불법 역주행하는 주민이 많다는 정보를 입수한 것이다.

"야, 잘 봐. 오늘따라 손님이 왜 이렇게 없는 거야. 우리가 너무 늦게 나왔나."

"야야야 성준아, 저 차 봐라. 뭔가 낌새가 이상하다. 준비해라."

"그러네, 오우케이!"

박성준은 역주행하는 차를 눈여겨보고 있다가 순식간에 그 차의 범퍼를 고의로 추돌시켰다.

"아, 아저씨. 아실 만한 분이 이게 뭡니까?"

역주행하던 차량의 피해자 차진철(45세, 가명)이 머리를 긁적이며 차에서 내리자 박성준은 일부러 큰소리로 화를 내며 그에게 다가갔다. 뒤이어 그의 친구 김성수가 뒷목을 잡고 따라 나왔다.

"아 이거 미안합니다. 출근시간이 늦어질 것 같아서 그만…."

"아저씨, 역주행 신고하면 벌점에 벌금 내야 되는 거 아시지요? 제 친구는 목도 다친 것 같은데 이것 참…."

피해자 차진철은 급히 주머니에서 지갑을 꺼내 돈을 있는 대로 모아 그에게 넘겨주며 "아 미안합니다. 이걸로 합의를 보면 안 되겠습니까. 마침 오늘 동료한테 줘야 할 돈이 10만 원 있네요."라고 말했다.

"제 친구가 많이 다친 것 같은데 이걸로 되겠습니까. 그냥 경찰을 부르지요."

"아니, 이거 참… 회사에 급히 가서 처리할 일도 있고… 저기 편의점 보이는데 내가 뛰어가서 10만 원 더 뽑아다 드리지요. 우선 급한 대로 이걸로 합의를 보면 안 되겠습니까. 부탁합시다, 형씨."

"야, 그냥 20만 원에 합의해. 우리도 빨리 출근해야 되잖아."

김성수가 뒷목을 잡고 머리를 돌리며 박성준에게 말했다. 그러자 박성준이 못 이기는 척 고개를 끄덕이며 "그럽시다. 아저씨나 우리나 지금 출근도 해야 되고 빨리 일을 해결합시다. 어서 보험사에 연락하세요. 적당한 선에서 합의를 볼 테니… 오늘 운 좋았다고 생각하십쇼."라고 말했다.

박성준과 김성수는 그 자리에서 치료비 명목으로 현금 20만 원을 받고 피해자 차진철의 차량 보험사에서도 합의금 치료비 명목으로 390만 원을 수령하였다.

이처럼 상습적인 불법유턴 지역이나 불법 역주행이 행해지는 곳에서 벌어지는 보험사기 행각은 예상 외로 다반사였다. 보험사 직원 역시 이들에게 보험금을 지급할 수밖에 없었던 사실에 대해 자신들이 직접 형사 입건이 되고 전과자가 되는 상황을 초래하면서까지 이러한 보험사기 수법을 사용할 줄은 몰랐다고 경찰에서 진술했다.

자신의 몸에 상처를 내고 뼈를 부러뜨리는 엽기적인 행각을 벌이거나 전과 기록을 남기면서까지 보험금을 수령하기 위해 보험사기 행각을 벌였던 이들은 부산지방경찰청 광역수사대의 '보험사기 등 금융범죄 특별단속' 시행에 따라 167명이 검거되었다.

갈수록 지능적인 신종 보험 사기꾼들이 늘고 있다. 그들은 수고로운 노동으로 버는 돈과 자신의 몸에 상처를 내고 양심을 내던져 벌어들인 돈의 차이를 모르는 어리석은 이들이다.

보험사기 예방 및 대처

보험사기란?

○ 현행법상 명시적인 정의는 없으나, 실무상 보험회사
를 속여 지급받을 수 없는 보험금을 취득하는 행위를
의미

보험사기 적발통계

○ 보험사기 적발실적(단위: 억 원, 명, 출처: 금융감독원)

구분	2005	2006	2007	2008	2009	2010	2011	2012	2013
금액	1,350	1,780	2,045	2,549	3,367	3,747	4,237	4,533	5,190
혐의자	19,274	26,754	30,922	41,019	63,360	69,213	72,333	83,181	77,112

○ 실제 보험사기 추정 금액은 2013년 기준 3조 2,000
억 원

보험사기의 유형

○ 보험계약 시 결격사유를 숨기거나 허위사실을 들어
계약을 체결하는 행위
   - 예: 암 진단 환자가 진단사실을 숨기고 보험에 가입
○ 보험금 편취를 위해 고의적으로 사고를 유발하는 행위

- 예: 신체의 일부를 절단, 진행 중인 차량에 고의로 부딪힘, 방화
○ 보험사고 자체를 위장, 날조하는 행위
  - 예: 자기와 유사한 사람을 살해한 후 자기가 사망한 것처럼 조작
○ 보험금을 과다 청구하는 행위
  - 예: 의사에게 부탁해 부상의 정도를 상향, 치료기간의 연장
※ 위 유형 중 자동차 사고를 이용한 보험사기는 사고의 위장이 용이하고 보험처리가 간편해 보험사기에 흔히 사용

자동차 사고 보험사기의 주 표적

○ 자동차 사고 보험사기는 보험사기꾼이 선량한 운전자를 대상으로 고의 사고를 일으켜 보험금을 편취하는 것으로, 누구나 악의의 제3자에 의해 피해자로 전락되어 민형사상 책임을 부담할 수 있기 때문에 각별한 주의가 필요
○ 자동차 보험사기의 주 표적 대상
  - 음주운전: 주로 유흥가 골목에서 음주운전차량을 상대로 사고
  - 불법유턴: 고의로 사고를 낸 후 법규위반을 들어 운전자를 가해자로 주장

- 역주행: 일방통행도로에서 역진입하는 차량 상대로 사고
- 중앙선침범: 좁은 도로에서 불가피하게 중앙선 침범하는 차량 상대로 사고
- 차선변경: 정상적으로 차선을 변경하는 차량에 속도를 높여 접근 후 사고
- 횡단보도침범: 횡단보도에서 고의로 차에 부딪히거나 바퀴에 발등을 넣음
- 고속도로 휴게소 후진: 사람이 많은 고속도로 휴게소에서 후진차량에 부딪힘
- 사고 후 처리미흡: 경미한 사고 시 양해 하에 헤어진 후 뺑소니 신고

자동차 사고 보험사기꾼들의 특징

- 주로 다수의 동승자가 탑승하며, 법규위반 사실을 신고하겠다며 협박하는 등 상대방의 불안감을 야기
- 법규위반 사실을 강조하며 현장 합의와 보험접수만을 요구하며, 경찰신고를 회피하거나 거부
- 상대방에게 더 많은 과실이 있음을 인정하도록 유도

자동차 사고 보험사기의 예방 및 대처 방법

- 자동차 사고 보험사기의 예방
  - 주로 법규위반 차량 상대로 자동차 사고 보험사기

가 발생하므로, 무엇보다 교통법규를 잘 지키고 안
전운전을 하는 것이 가장 좋은 방법임
- 교통법규 위반 시에는 보험사기가 의심되어도 적극
적 대응이 어려움
- 후진 주차 시에는 동승자가 뒤를 봐주거나 가급적
정면으로 주차
○ 자동차 사고 발생시 대처 방법
- 불가피하게 보험사기로 의심되는 사고가 발생하더
라도 침착한 대응이 중요
- 사고 발생 시 즉시 보험회사에 알려 도움을 요청
- 가벼운 사고라도 증거 보전을 위해 사진을 촬영하
고, 블랙박스 영상을 백업
- 사고 목격자를 확보하고, 동승자를 정확히 확인
- 현장 합의 시는 반드시 금액, 장소, 일시, 보상 범위
가 명시된 합의서를 작성
- 상대방의 주장을 그대로 인정하거나 과실을 인정하
는 확인서 작성 금지
- 보험사기가 의심되면 고의 충돌이라는 점을 경찰과
보험회사에 적극 고지

자동차 사고 보험사기 적발을 위한 프로그램: 마디모(MADYMO)

○ MADYMO는 MAthematical DYnamic MOdels의 약
자로 수리적 역학 모델이라는 뜻이며, 네덜란드 응용

과학기술연구소에서 개발

○ 사고 당시 차량의 파손상태, 도로에 남은 흔적, 블랙
박스 영상, 주변 CCTV영상, 탑승자의 연령·신장·체
중 등 신체조건 등을 종합하여 사고 상황을 재연해
차량 탑승자가 받는 충격을 객관적으로 분석하는 프
로그램임

○ 분석기관은 국립과학수사연구원 및 도로교통공단

○ 신청방법
- 각 경찰서 교통사고조사계에서 신청 가능
- 차량 블랙박스, 충돌부위 사진, 도로형태 및 방향과
폭 등이 나타나는 사진 등을 확보해야 함

A16　　사회　　⊕ 제28985호　2014년 10월 15일 수요일　동아일보

혀 내두를 부유층 보험사기

수입차 음주사고 날짜 바꿔 수리비 타내
식당 발레파킹중 쾅… 허위 추돌 신고도

서울 강남에서 개인병원을 운영하는 의사 이모
씨(42)는 강남구에서 7월 26일 오전 3시경 대학

현사에 사고 날짜를 이튿날로 써내 보험금을 타
냈다. 음주운전을 했을 때 사고를 내면 보험금
을 받지 못한다는 사실을 알았기 때문이다. 그
러나 사고가 나 운행하기 어려운 상태인데도 이
튿날 운행했다는 점을 수상하게 여긴 보험사의
신고로 이 씨는 지난날 14일 검거됐다.

B2　　2012년 4월 25일 수요일　　종합　　⊛ 제28221호　동아일보

보험사기 국민 1인당 年 7만 원꼴 추가부담 기가 막혀

금감원 "사기로 새는 금액 年 3조4105억 추정"
전체 지급보험금의 12.4%… 보험료 인상 불러

보험사기로 새는 금액이 연간 3조
원이 넘는 것으로 추정됐다. 이 때문
에 국민 1인당 年 7만 원꼴로 보험료를
추가로 내는 것으로 나타났다.

금융감독원은 서울대학 보험연구원
에 연구 용역을 의뢰한 결과, 3610원
계약연도(2010년 4월 ~ 2011년 3월) 기
준으로 연간보험 보험에서 새는
금액은 3조4105억 원으로 추
정됐다고 24일 밝혔다. 이는 2008 회
계연도(2006년 4월 ~ 2007년 3월) 기
간 2조2822억 원보다 1조1602억 원
(52.9%) 가 증가한 수치다.

이 같은 증가는 보험회사의 보장성

보험금 지급 규모가 2008년 18조 25억 원
금에서 3조10억 3조5415억 원으로 증
가했고, 업체 보상지수의 농밀 수령
의 보험금이 규모(12.4%)로 집계됐다.

가뭄 입증으로 자녀 짼 들의 임금 등
으로 책정한 금액이 12.6% 의 금액으로
이었다. 전년에 비해 짼 물액 금액은
15.1%(48억 원), 짼 짼 원금은 4.3%
(21.09억) 증가했다.

가뭄 입증이나 자녀 짼 짼 짼 짼 짼
으로 책정한 금액이 12.6% 의 금액으로
짼 짼 짼 짼 짼 짼 짼 짼 짼 짼 짼 짼 짼

에 이어 가파르게 상승하고 있다.

보험사기 누수 추정금액과 보험사기
짼짼 금액의 차이가 나는 가장 큰 이유
는 보험사기가 적발됐더라도 책임이
어렵기 때문이라는 금감원 관계자는 "유
사, 사숭짼 짼 뷔범위짼 짼 짼 짼 짼 짼
짼 짼 짼 짼 짼 짼 짼 짼 짼 짼 짼 짼

보험사기 적발 실적			인명보험 부문 보험사기 추정규모		
			보험금 짼짼		27조4150억
	적발금액(왼쪽)	4237억		18조329억	
336억 원	3748억				
8조3060	8조9213	적발짼 짼	짼짼 짼짼 (13.3%)	짼짼짼 (12.4%)	
		7만9213		2008년	2010년

점으로 정의하다는 것도 추정짼과 적발
액 사이의 막니를 크게 하는 원인으로
분석된다. 총괄자 보험연구원 연구위
원은 "금감원은 보험사 자문 심사 과정
에서 짼짼 짼 보험금 지급이 짼 짼 또는
짼 짼짼짼 수사기관이짼 공짼를 통
짼 짼 짼 짼 짼짼짼 짼 짼 짼

A14　　2011년 12월 8일 목요일　　사회　　⊛ 제28104호　동아일보

세살 아들까지 차에 태운 보험사기단

법규위반車 노려 역대 챙겨
택배·대리운전… 109명 입건

중합고로, 보험사기를 저지르는
'생계형 보험사기단'이 잇따라 적발
되고 있다. 109명이 한 번에 검거되
는가 하면 어린 자식까지 범행에 동
원한 가족 보험사기단이 나타났다.

서울 방배경찰서는 사전에 짼고 가
짼으로 교통사고를 낸 뒤 보험금을 타
부터 서울 폴이면서 교통사고가 난 것
처럼 꾸민 뒤 병원에 허위 입원하는
수법으로 보험금을 1명~4명씩다. 이들은
2009년부터 58회에 걸쳐 약 6억 원의
보험금을 받아 생활비로 썼다. 피해자
가 보험금을 받아 챙겨 등 틈 뷔 짼
모자라면 주변 브로커가 30%씩 수
표로 챙긴 뒤 가해자에게 나눠주는 식
이었다. 경찰은 피로짼들이 방짼 주
주로 입원면단 같짼 짼짼 짼 짼 짼 짼
수수하짼고 이해짼 공모한 종틀을 다

2007년 1월부터 2010년 11월까지 不
법 U턴을 하짼나 신호를 위반한 차량
피해 중앙선을 넘어 운전하는 차량과
교통사고를 낸 209대에게 걸쳐 1억
5000억 원의 보험금을 타낸 혐의(짼
한 구짼으로 고9500명짼짼짼 짼 짼
냈다는 혐의를 피하기 위해 3t 넘
와 7t 여짼 짼 짼짼 짼 짼 짼 짼 짼
짼 짼짼짼 짼 짼짼 짼 짼 짼

경찰 관계자는 "보험자료부터 짼
이를 물으로 50만~75만 원의 보험
짼짼짼짼 짼짼짼 짼 짼 짼짼 짼 짼
짼짼짼짼짼 짼 짼 짼짼짼 짼 "보험사에 짼
짼 짼 짼 짼 짼 짼짼 짼 것으로 보고 수사
짼짼 짼 짼 짼 짼 짼짼 짼

sunggyu@donga.com
tigermask@donga.com

A12　　2013년 12월 24일 화요일　　사회　　제28919호　조선일보

'미혼모 아기' 불법 입양해 보험금 챙긴 일가족

30代女, 보험설계사 경력 악용
보험 16건 들고 2400만원 받아

친딸들 명의로도 10여개 보험
2억8000만원 타낸 혐의도

갓난아기를 불법 입양한 뒤 보험
사기를 저지르는 심죄를 악용한 30대 여
성 뷔 일가족이 불잡혔다.

부산 사상경찰서는 13일 이 같은
혐의로 오모(여·30세)를 구속하고

오씨의 남편 송모(46세), 오씨 아버
지(64), 보험설계사 이모(여·51)씨
를 불구속 입건했다.

경찰에 따르면 오씨 등는 3월
대분내 미혼모 김모(20)씨가 포털사
이트 짼문화에서 올린 '신생아를 키
워 사랑을 찾는다'라는 제목의 글을
보고 전화를 걸었다. 미혼모 김씨는
출산 후 30만원의 병원비를 내지 못
하고 아이를 키울 수 없는 상황이었
다. 오씨 등는 병원비를 대납했다 뒤
난 4월 경남 창원시 마산합포구에서

미혼모에서 신생아 박모(군)를 넘겨
받다. 오씨 오씨는 아버지와 보험
설계사 이자를 출산한 것처럼 꾸며
직전 출산한 것처럼 꾸며 자신들의 아
들로 출생신고를 했다. 출생신고 후
나흘 만에 박모의 명의로 16건의 보
험에 가입했다. '아들이 장영에 걸렸
다'. '구토를 계속한다' 고 속여 입원
비 등 보험금을 계속하여 타냈다.

2010년 보험실계사로 두 달 정도
근무한 경험이 있는 오씨는 보험의
특성을 잘 알고 있었다. 이렇게 타낸

보험금은 2400만원이었다. 오씨는 자
신명의로 13건 남편 명의로 15건 친
자식인 두 딸의 명의로 13건의 보험
을 가입해 2007년부터 최근까지 박모
의 구액으로 고9800만짼짼 가입하다 보
험금을 받아 챙긴 혐의도 있다.

경찰 조사에서 오씨는 박군들 자
신이 낳은 아기라고 주장했지만, 지
난 2월 입신 동안인 생체 아기를
유산하는 과정에서 자궁 적출 수술
을 받은 병원 기록이 드러나자 범행
을 인정했다.

부산=권경훈 기자

변사체 검시제도

변사체 검시란?

○ 병사(病死) 또는 자연사가 아닌 시체가 발견되었을 때 사망이 범죄로 인한 것인지를 판단하기 위해 시체 및 그 주변 현장을 조사하는 것을 말한다.

현황

○ 변사사건 관련 통계(단위: 명, 출처: 경찰청, 국립과학수사연구원)

	2012년	2011년	2010년	2009년	2008년
변사 건수	23,441	25,196	24,182	25,712	23,390
부검률	20.9%	14.4%	13.7%	17.0%	16.1%

○ 우리나라의 경우, 변사사건은 연평균 25,000여 건이 발생하며 그중 14~20%만 부검을 한다.

○ 그와 대조적으로 미국은 2007년 기준 외인사(external causes)의 경우 55.4%, 원인불명사(ill-defined causes)의·경우 29.1%를 부검한다.(출처: 미국 질병통제예방센터)

○ 현행 형사소송법상 검시의 주체는 검사이나 대부

분 경찰이 대행하며, 검사의 직접 검시율은 2013년 4.0%에 불과하다.(출처: 대검찰청 홈페이지)

○ 변사체의 이송·보관은 민간 이송업자나 장례업자가 하는 실정이다.

○ 국과수는 전국 6개소(본원, 서울, 부산, 대구, 광주, 대전)이고, 소속 법의관은 23명에 불과하다.

현행 변사체 검시제도의 문제점

○ 검시의 주체인 검사 및 대행자인 경찰이 법의학 전문가가 아니며, 국과수 소속 전문 법의관은 23명에 불과해서 부실 검시가 우려되는 실정이다.

○ 통계에 의하더라도, 80% 이상 변사사건은 유족·발견자 진술, 사체 외관검사 등 1차 현장 검시에서 종결된다.

○ 국과수 6개소가 대부분 대도시에서 떨어진 교외에 위치하고 있어 부검에 참여하는 유족 및 경찰 등의 불편을 초래한다.

○ 사체의 이송, 보관 과정에서 시체가 훼손될 수 있고, 유가족에게 과다한 비용을 청구하거나 장례식장과의 리베이트·119 무전도청 등 사회적 물의를 일으키기도 한다.

○ 이상의 문제들로 인해 현행 검시제도는 실체적 진실 발견에 장애를 가져오는 부실 검시 및 시간·비용을

낭비하는 국민 불편을 초래하고 있다.

장기대책: 전담검시제도 도입

◦ 전담검시제도 도입
  - 우리나라는 수사 책임자가 검시 책임을 겸하는 겸
    임검시제도를 채택하고 있다.
  - 이에 비해 미국은 법의학을 전공한 법의관(Medical
    Examiner, M. E.)이 현장 조사, 관련자 진술 청취 등
    을 하며, 시체를 시체공시소로 이송해 2차적인 의
    학적 검사 및 부검을 실시한다.
  - 미국의 법의관 제도는 검시 첫 단계에서부터 전문
    가의 참여가 이뤄지고 검시의 독립성이 보장된다
    는 점에서 장점이 있다.
◦ 우리도 장기적으로는 전문가를 양성해 전담검시제도
  를 도입함이 바람직하다.

단기대책: 시체공시소의 도입

◦ 증거물로서 시체의 온전한 보전을 위해 시체의 이동
  ·보관 과정에서 통제가 절대적으로 필요하고 시체공
  시소가 그 대안이 될 수 있다.
◦ 현장 1차 검시 후 시체를 공시소로 이송한 후, 목격자
  ·신고자·유족 진술 등 주변 수사와 필요시 CT 촬영
  등 2차 검시를 하고, 그럼에도 사인을 더 정밀하게 조

사할 필요가 있는 경우에는 시체공시소에서 부검을 하거나 유족에게 인계하는 것이 바람직하다.

○ 시체공시소를 운영하면 유족을 상대로 한 '시신장사' 관행을 원천적으로 차단할 수 있을 것이며, 무전도청·리베이트 등 범죄 예방에도 기여할 수 있다.

○ 시체공시소의 운영으로 부실 검시 및 억울한 죽음을 줄일 수 있고, 부검까지 이뤄지게 된다면 국과수까지의 이동 시간, 비용 등 국민 불편이 감소된다.

○ 시체공시소의 운영이 일부 병원, 장례업자들을 위한 이권 사업으로 인식될 수 있으나, 이에 대해서는 일정한 시설 및 인력 수준을 갖춘 곳을 대상으로 공모를 통해 투명한 선정 작업을 하고, 비위 사실이 있을 시 운영권을 박탈·제한하는 등 엄격한 사후 관리를 하면 우려를 해소할 수 있다.

맺음말

○ 장기적으로는 법의학 전문 인력 확충 및 전담검시제도의 도입이 필요하다.

○ 단기적으로는 변사현장에서 1차 검시, 시체공시소에서의 2차 검시 및 부검을 통해 부실 검시를 미연에 방지하고 '시신장사' 등 사회적 문제를 개선할 수 있다.

○ 억울한 죽음을 줄이는 것은 산 자의 몫이고, 품위 있는 죽음이 곧 품위 있는 삶을 사는 것이다!

피해회복에 도움이 되는 각종 제도

범죄피해자 구조 신청제도(범죄피해자보호법)

○ 대상자
- 사람의 생명 또는 신체를 해치는 죄에 해당하는 행위로 인해 사망(유족구조금)하거나 장해, 중상해(장해구조금)를 입었음에도 피해의 전부 또는 일부를 배상받지 못하는 경우, 그 피해자와 배우자가 신청 가능

○ 제외 대상
- 형법상 정당방위, 정당행위, 과실로 인한 행위
- 가해자와 피해자 간에 친족관계가 있거나 피해자가 범죄를 유발한 경우

○ 신청방법
- 주소지, 거주지 또는 범죄 발생지 관할검찰청의 범죄피해구조심의회에 신청
- 유족구조금 신청 시에는 사망진단서, 가족관계증명서 등 제출
- 장해구조금 신청 시에는 의사 진단서 제출
- 범죄피해 발생을 안 날로부터 3년, 범죄 발생일로부터 10년 이내 신청

범죄행위의 피해에 대한 손해배상명령(소송촉진 등에 관한 특례법)

○ 대상자
  - 신체에 대한 범죄, 성범죄, 재산범죄의 피해자나 그 상속인
○ 신청방법
  - 제1심 또는 제2심 공판의 변론종결 시까지 사건이 계속된 법원에 신청
  - 공판절차에만 적용되므로, 약식명령 절차에는 적용되지 않음
○ 효력
  - 배상신청은 민사소송 제기와 동일한 효력이 있음
  - 다른 절차에 의한 손해배상청구가 법원에 계속 중일 때에는 신청할 수 없음

무보험 차량 교통사고, 뺑소니 피해자 구조제도(자동차손해배상보장법)

○ 대상자
  - 뺑소니, 무보험 차량 교통사고의 피해자 또는 그 상속인
○ 신청방법
  - 교통사고사실확인원, 진단서, 치료비 영수증 등 자료를 첨부하여 자동차 보험회사에 청구

◦ 신청기관
  - 각 자동차보험회사 보상서비스센터
◦ 신청기한
  - 손해 사실을 안 일자(통상 사고발생일)로부터 3년
    이내

국민건강보험제도를 이용한 피해자 구조제도

◦ 대상자
  - 고의로 사고를 내거나 중과실에 의한 범죄행위를
    야기한 보험가입자를 제외한 모든 국민건강보험
    가입자(일방적 폭행, 상해 등 피해자가 이에 해당)
  ※ 중과실: 주의태만의 정도가 심한 경우(결과발생이 중
    함을 의미하지 않음)

관련 판례: 대법원 2010도1777호 판례

▶ '고의로 사고를 내거나 중과실에 의한 범죄행위를 야기한'의 의미는 '자기의
범죄 행위'에 기인하거나 '자신의 범죄행위'가 주된 원인이 되어 발생한 보험사
고로 해석함이 상당함

◦ 신청방법
  - 피해자와 가해자가 미합의시 병원이나 국민보험
    공단(1577-1000)에 신청
  - 단, 가해자와 합의 이후에는 보험혜택을 받을 수
    없으며, 만약 합의 이후 보험혜택을 받았다면 공단

부담금을 피해자에게 구상할 수 있음

※ 구상권: 다른 사람을 위해 빚을 갚은 사람이 주 채무자 등에게 상환을 요구할 수 있는 권리

법률구조공단의 법률구조제도(국번없이 132)

○ 대상자
- 대물피해만 발생한 교통사고 사건을 제외한 타인의 범죄에 의한 피해자
○ 구조대상사건
- 피해가 발생한 범죄 사건과 관련된 민사, 가사 사건의 소송대리
○ 신청방법
- 판결문 등 범죄 피해자임을 입증할 수 있는 자료를 지참하여 각 검찰청 내에 있는 대한법률구조공단에 신청
○ 소송비용
- 소송에 들어간 사건은 소송비용을 의뢰자로부터 상환받음
- 공단에 지급해야 하는 비용은 대법원규칙에서 정한 변호사 비용의 30%에 불과하여 저렴함

가정폭력·성폭력 피해자 보호 및 구조

○ 여성긴급전화(국번없이 1366)

- 가정폭력, 성폭력, 성매매 등 긴급전화상담 및 긴급피난처 제공
○ 경찰청 원스톱지원센터(1899-3075)
  - 성폭력 피해자 상대로 상담지원, 피해자 조사 등
○ 중앙아동보호전문기관(1577-1391, 129)
  - 아동학대 신고, 학대 아동 발견 및 보호 등
○ 해바라기 여성·아동 센터(부산 051-244-1375)
  - 성폭행, 아동학대 피해 신고, 상담, 의료지원 등
○ 각 지방경찰청 내 CARE팀(1566-0112)
  - 현장출동, 전문 민간 심리 상담과 연계, 임시숙소 제공 등

사건진행상황 조회

○ 대상자
  - 고소사건의 고소인, 고발사건의 고발인, 인지사건의 피해자 등 범죄 피해자
○ 조회 방법
  - 형사사법포털(www.kics.go.kr)에 접속
  - 공인인증서 로그인을 통해 본인인증 후 사건 검색이 가능
○ 조회 대상 사건
  - 경찰 사건은 입건된 사건에 대해 검색이 가능
  - 검찰 사건은 검찰에 수리된 고소, 고발, 인지, 항고,

재항고, 재정사건에 대해 검색이 가능

- 법원 사건은 법원에 형사사건으로 접수된 공판, 약식, 전자약식, 소년보호, 가정/성매매사건에 대해 검색이 가능

- 단, 진정·내사 사건은 조회가 불가능

용어해설: 고소, 고발, 진정, 내사

▶ 고소: 범죄의 피해자가 수사기관에 범죄 사실을 신고하여 범인의 처벌을 희망하는 의사표시
▶ 고발: 피해자 및 가해자를 제외한 제3자가 수사기관에 범죄 사실을 신고하여 범인의 처벌을 희망하는 의사표시
▶ 진정: 개인이 침해받은 권리를 구제하기 위해 관계기관에 일정한 조치를 요구하는 것
▶ 내사: 범죄에 관한 기사, 익명의 신고 등이 있을 때 그 진상을 조사하는 행위로서, 아직 범죄혐의가 있다고 판단하기 전에 이루어지는 조사활동

국민권익위원회의 고충민원 접수제도

○ 국민신문고
- 인터넷 www.epeople.go.kr에 접속하여 본인인증 후 고충 민원 접수
- 범죄 피해 외에도 일반민원, 제안신청, 정책토론, 예산낭비신고, 공익신고 등 모든 종류의 고충 민원이 접수 가능

○ 정부민원안내콜센터
- 국번 없이 110에 전화하여 민원, 정부정책 등에 대한 상담 가능
- 전화통화 외에도 휴대폰 문자 상담, 온라인 채팅

상담, 수화 상담 등이 가능

의사상자예우 등에 관한 제도(의사상자 예우에 관한 법률)

◦ 대상자
  - 타인의 생명, 신체 또는 재산의 급박한 위해를 구제하다가 사망 또는 부상을 당한 자로서 보건복지부장관이 의사상자로 인정한 사람
◦ 신청방법
  - 주소지 또는 구조행위지를 관할하는 시장, 군수, 구청장에게 신청
◦ 예우 및 보호
  - 영전의 수여, 보상금지급, 의료급여, 교육보호, 취업보호, 장제보호 등
  - 위의 보상금지급 등은 의사상자 인정결정을 통보받은 날로부터 3년이 지나면 신청할 수 없음

범죄피해자지원센터(국번없이 1577-1295)

◦ 대상자
  - 범죄피해를 당한 피해자로서 가해자 또는 보험사 등으로부터 충분한 피해배상을 받지 못한 모든 사람 및 친족, 형제자매
  - 단, 재산적 피해는 원칙적으로 제외
◦ 신청방법

- 각 검찰청 내에 소재한 범죄피해자지원센터(전국
  58개 센터)에 신청
○ 지원제도
- 경제적지원, 의료지원, 상담지원, 법률지원, 외국인
  통역지원, 주거지원 등